잔상의 감각

잔상의 감각

남겨진 것들에 대한 추억

초판 1쇄 인쇄_ 2019년 02월 15일 ┃ **초판 1쇄 발행_** 2019년 02월 20일
지은이_ 꿈뜨락애 ┃ **엮은이_** 박이레 ┃ **펴낸이_** 진성옥·오광수 ┃ **펴내곳_** 꿈과희망
디자인·편집_ 김창숙·윤영화 ┃ **마케팅_** 김진용
주소_ 서울시 용산구 백범로 90길 74, 103동 오피스텔 1005호(문배동 대우 이안)
전화_ 02)2681-2832 ┃ **팩스_** 02)943-0935 ┃ **출판등록_** 제2016-000036호
E-mail_ jinsungok@empal.com
ISBN_ 979-11-6186-046-6 43810

잔상의 감각

남겨진 것들에 대한 추억

꿈뜨락애 지음
박이레 엮음

꿈과희망

학생들은 글쓰기를 싫어합니다. 아니 두려워하고 증오하기까지 합니다. 국어교사로서 책임을 통감하고 어떻게 하면 즐거운 글쓰기가 될지 고민하여 이런저런 활동과 교수 방법을 고민해 수업하고 부푼 기대를 갖고 학생들이 즐겁게 쓴 글을 읽은 적이 있습니다. 하지만 그 글에는 학생은 없고 수업한 교사만 있었습니다. 그 순간 학생들은 하얀 도화지 같다는 생각을 하고 글쓰기는 가르치는 것이 아니라 본인 스스로가 가슴으로 느끼고 그 느낀 기쁨, 슬픔, 행복, 괴로움, 아픔, 허무, 자각, 등의 감정들을 글로 쏟아내는 것이라는 것을 문득 깨달았습니다. 그 뒤로 학생들에게 글쓰기 지도를 할 때 아무것도 지도하지 않았습니다. 그들이 무슨 생각을 하는지, 어떤 고민을 안고 살아가는지, 왜 그런 행동을 했는지 들어주고 그것들을 자신의 감정을 담아 자신들의 말로 쓰게 했습니다. '이런 것도 소설이 될 수 있나요.?'라는 한 학생의 질문에 용기를 가지고 그해 학생들과 처음으로 작품집을 완성했습니다. 그 후 매년 학생들과 작품집을 만들고 지도하고 토론하는 과정에서 학생들은 물론 저 또한 무척 성장했습니다. 이제 학생들에 글에서 교사는 없고 그들만 있습니다.

이번 꿈뜨락애 작품의 주제는 추억을 떠올리는 향기, 잔상, 소리로 묶어 보았습니다. 추억은 많은 것들을 생각하게 만드는 재미있는 주제입니다. 학생들은 비록 비교적 짧은 인생을 살았지만, 교사의 눈에서 보는 것보다 훨씬 그들만의 추억을 다양하게 가지고 있었습니다. 특히 추억 가운데 남겨진 우리들의 과제와 더 나은 삶을 위한 방향은 무엇인가에 대해 깊이 있게 고민해 보았습니다. 추억에 관한 우리들의 다양한 해석을 통해 재미를 찾아보시고, 바쁘게 앞만 보고 달려온 지금 이 시대 우리에게 한 번쯤 뒤를 돌아보고 옆을 살펴볼 기회를 이 책을 통해 가져 보시길 바랍니다.

아무것도 모른다고 생각했던 학생들의 생각 깊이가 시간이 갈수록 가늠할 수 없어 부끄러웠던 적도 있었습니다. 그럼에도 교사의 말은 진리라 생각하고 열정을 다해 작품을 창작해 준 하은, 혜련, 정현, 수빈, 하경, 민주, 성은, 은미에게 이 글을 통해 고마움을 전합니다. 또한, 국어교사 중 가장 국어교사 같지 않은 외모와 실력을 가지고 있지만, 항상 믿어주시고 뛰어난 학생들의 지도를 맡겨주신 장용원 교장 선생님과 김홍구 교감선생님께 감사의 말씀을 올립니다. 이 글을 읽는 독자분들께 좋은 추억이 되길 바라며….

2019년 겨울
햇발이 쏟아지는 교무실에서
엮은이 신명고 국어교사 박이레

차례

머리말   05

첫 번째 감각 - 視

추억 사진관 _이하은   11
recall _차혜련   36
시간과 기억 사이에 _유정현   66

두 번째 감각 - 聽

이별을 준비하는 사람들에게 _한수빈   109
해방 _임하경   140

세 번째 감각 - 嗅

향의 인연 _김민주   179
잊거나, 잃거나 _김성은   192
가까이에 있는 _곽은미   227

후기   238

첫 번째 감각

視

온 세상 구석구석이 우리의
시야 안에 들어와 맺힌다.

추억 사진관

—— 이하은

며칠 전까지만 해도 길고양이들의 아지트였던 그곳. 사람의 온기가 닿지 않았던 그곳. 아무도 들어가지 않는 좁은 골목 사이로 들어가면 서서히 모습을 보이는 그곳은 이제 사람들의 추억을 찍어주는 '추억 사진관'이 자리잡고 있습니다.

Episode 1

"야옹-."

오랜만에 길고양이들에게 밥을 주러 골목에 들어가니 냄새를 맡았는지 여기저기서 우르르 몰려들었다. 그러다 문득 고개를 드니 '추억 사진관'이라는 간판이 눈에 띄었다. 며칠 전만 해도 빈 곳이었는데 내가 안 온 사이에 들어왔나 보다. 영정사진은 하루라도 젊을 때 찍으라는 친구 놈의 말이 떠올라 어차피 시간도 많으니 찍으러 들어가 보기로 했다.

딸랑-.

종소리가 나자 안에서 베레모와 토시를 낀 중년 남성이 나를 반겼다.

"어서 오세요."

목소리에서 느껴지는 깊은 울림과 따뜻함이 사진관의 이미지와 잘 어울리는 것 같았다.

"저, 영정사진을 찍으려고 왔습니다."

"이쪽으로 앉아서 기다려주세요."

주인은 오래되어 보이는 카메라를 이리저리 만지다 나를 카메라 앞 등받이가 있는 푹신한 의자로 안내했다.

"사진 찍을 때 원래 푹신한 의자에 앉습니까? 사진을 찍은 지 오래돼서…."

"편한 곳에 앉으면 표정이 더 자연스러워지니까요. 의자와 뒤의 배경이 색깔이 같아서 사진에서는 안 보일 테니 안심하세요."

그 말과 함께 카메라 쪽으로 간 주인은 내게 편하게 웃으라 말했고, 하나, 둘, 셋, 찰칵.

하는 소리와 함께 나는 잠이 들었다.

* * *

눈을 떠보니 젊은 시절 살았던 집 침대에 누워 있었다.

"영훈아, 밥 먹어."라는 오랜만에 듣는 아버지의 목소리가 들렸다. 놀라서 방 밖으로 나가 보니 분명 돌아가셨던 아버지가 60년 전 모습 그대로 주방에 서 계셨다.

"아버지, 어떻게… 살아 계세요?"

"… 아직 꿈꾸니. 너희 어머니 깨우고 밥이나 먹어라."

나는 얼떨떨한 상태로 안방에 들어가니 어머니 역시 옛날 모습 그대로 주무시고 계셨다.

"어머니, 일어나세요."

"벌써 아침이니? 영훈아, 잘 잤어?"

"네…."

"왜 그렇게 기운이 없어. 배고프구나. 빨리 밥 먹으러 가자."

어머니를 뒤따라 나가면서 본 달력에는 1962년이라는 글자가 선명하게 보였다.

밥을 먹고 난 뒤 생각을 정리하기 위해 밖으로 나오니 지금은 꽃들이 활짝 핀 4월이었다. 어떻게 60년 전으로 돌아온 건지는 모르겠지만 꽃들의 향기는 생각을 잊게 하기에 충분했다.

마을 중앙에 있는 커다란 벚나무, 이 나무는 내가 글을 쓰는 장소였다. 글 쓰는 걸 그만두고 이사를 하게 된 후로는 와보지 못했는데 소문으로는 베어졌다 하여 다시는 못 볼 줄 알았다. 벚나무는 이미 벚꽃들이 만개해 금방이라도 흩어질 것 같았다.

"영훈이, 와그러고 서 있노."

"어, 경태야…."

"니 어디 아프나 목소리에 힘이 없노. 야… 그 공모전 한번 떨어졌다고 낙담하지 마라. 한번 떨어져 봐야 붙는 기쁨을 알제."

"그것 때문에 그러는 거 아냐. 그냥 오늘따라 멍하네."

"그렇나? 니 그거 들었나, 동네에 서울 아가씨가 왔단다. 니랑 같은 서울 사람인데 말 한번 섞어봐라. 니도 이제 연애도 해봐야지."

"무슨 연애야. 연애는."

"튕기기는. 너희 아버지 일이나 도와주러 가자."

"아버지, 저희 왔어요."

"어, 잠시만."

아버지는 처음 보는 남성분과 대화를 나누고 계셨다. 그 남성분은 말끔히 정장을 차려입고 계셨고, 아버지 또래인 것 같았다. 경태는 그분이 서울 아가씨의 아버지라고 말해주었고, 아버지는 내게 그분이 양말공장 투자자분이라고 소개해주셨다. 그분은 간단한 인사를 한 뒤 나가셨고 우리는 일을 도와드린 뒤 아버지와 함께 집으로 갔다.

"경태야, 네가 영훈이 대신 공장에서 일할래? 아까 보니까 일 잘하던데."

"하하… 그럴까요, 근데 아버님은 여전히 요리 잘하시네요."

"내가 요리를 못하니까 영훈이 아빠가 대신하다 보니 이제는 요리사지."

"에이, 당신 요리도 나름 괜찮아."

"맞아, 엄마 요리도 개성 있어."

"둘 다 맛있다는 말은 안 하네."

웃음이 가득 피었던 저녁 식사가 끝나고 경태를 데려다주고 잠깐 산책을 했다. 꽃이 가득 눈에 담기는 이 길은 내가 가장 좋아하는 길이다. 그리고 이 길 끝에 벚나무가 있다. 나무 뒤에서 인기척이 느껴졌다. 늦은 밤에 나와 같이 산책을 나온 사람이 있구나 싶었다. 반가워서 인사라고 할까 하며 나무 뒤쪽으로 발걸음을 옮겼다. 그리고 그곳에선 처음 보는 여성분이 벚나무를 올려다보고 있었다. 나는 이 아름다운 풍경이 벚나무가 아름다워서인지 여성분이 아름다워서인지 알지 못했다.

"안녕하세요."

멍하니 보고 있다가 여성분과 눈이 마주쳤고, 그 여성분은 내게 인사를 건넸다.

"벚꽃이 참 예쁘네요."

"아….'

"아, 저는 최분희라고 합니다."

"아, 안녕하세요. 저는 윤영훈입니다."

"서울에서 사셨나 봐요?"

"저희 부모님께서 서울분이라 자연스럽게 서울말을 씁니다. 분희씨는 서울에서 오셨나요?"

"네, 아버지 일 때문에 잠깐 내려오게 됐어요. 근데 이곳은 잠깐 있기에는 아까울 정도로 예쁜 곳이네요."

"네, 그렇죠. 근데 시간이 늦었는데 안 들어가 봐도 되나요?"

"아, 빨리 들어가 봐야 하겠네요. 감사합니다. 다음에 또 봬요."

분희 씨는 웃으며 인사를 하고 집으로 돌아갔고, 그 웃음이 자꾸 생각나 잠을 이루지 못하였다.

"경태야. 나 서울 아가씨 만났다."

"오, 언제?"

"어젯밤에 너 데려다주고 벚나무에서."

"니 반했나."

"응…? 아니?!"

"…."

"…아니 반한 거 같다고….."

경태에게는 거짓말을 못하겠다. 경태와 얘기를 좀더 나눈 뒤 나는 글을 쓰기 위해 집에서 연필과 공책을 챙긴 뒤 벚나무로 갔다. 하지만 오늘 글쓰기는 그른 것 같다.

"안녕하세요."

"안녕하세요. 영훈 씨."

"산책 나오셨나 봐요?"

"네, 영훈 씨도 산책 나오셨나요?"

"네, 혹시 같이하실래요?"

어디서 용기가 나왔는지 모르겠지만 말이 먼저 나와버렸다. 다행히 분희 씨가 승낙해 주었고, 나는 내가 가장 좋아하는 길로 안내했다. 걸어가는 발자국을 따라 두근거리는 마음이 떨어져 혹여나 들키진 않을까 무서웠지만 숨길 수는 없었다.

"꽃을 좋아하시나 봐요?"

"네, 꽃 색깔이 다채로워서 너무 예쁜 것 같아요."

우리는 서로에 관해 얘기했다. 좋아하는 것, 싫어하는 것에 대해. 비록 어제 만났지만 오래 본 것처럼 편안한 느낌과 두근거리는 이 느낌이 첫눈에 반했다는 걸 말해 주고 있었다.

"이제 집에 가야 할 시간이네요."

"저… 바래다 드려도 될까요?"

"음… 부탁드려도 될까요?"

한순간이라도 더 같이 있고 싶은 마음에 나온 말이었다. 하지만 그
마저도 시간은 빠르게 흘러갔고, 나는 아쉬운 마음과 내일 또 만나고
싶다는 생각에 말을 꺼냈다.

"혹시 내일도 뵐 수 있을까요?"

말을 한 뒤 아차 싶어서 고개를 숙였다. 거절하면 어쩌지 하는 생
각이 머릿속에 가득 차면서 손에서 땀이 났다.

"내일 어디서 볼까요?"

예상치도 못한 말에 눈이 커지며 고개를 올렸고, 그 모습을 본 분
희 씨는 웃음이 터졌다.

"저도 내일 다시 보고 싶어요."

"네…?"

"오늘 헤어지는 것도 아쉬워요. 그러니까 우리 내일 벚나무에서
다시 볼까요?"

나는 너무 놀라서 소리를 지를 뻔한 걸 꾹 참고 대답했다.

"…네!"

분희 씨는 내일 보자는 말과 함께 웃으며 들어갔고, 나는 오늘 밤
내내 머릿속에 분희 씨가 가득 차 잠을 설쳤다.

다음날, 옷을 고르고 있는데 어머니께서 들어오셨다.

"너한테 이 옷이 잘 어울려."

"아, 감사합니다. 근데 갑자기….

"너 데이트 가는 거 아냐?"

"예?!"

"어제 그렇게 얼굴이 붉어져서 들어오더니 좋아하는 사람 만나고 온 거 아냐?"

중학교 때 좋아하던 사람 생긴 것도 어머니가 제일 먼저 알았고, 차일 때도 어머니가 제일 먼저 아셨다. 역시 어머니를 속이진 못할 것 같다.

"예… 맞아요."

"누군지는 안 물을게. 대신 이번에는 차이고 오지 마."

"아…! 그 얘기는 하지 말아요."

"알겠어. 데이트 잘하고 와."

"…네."

어머니가 골라주신 옷을 입고 벚나무에서 분희 씨를 기다렸다. 시간이 너무 더디게 가는 것 같았다. 기다리는 시간이 이렇게 설레었던 적은 처음이었다. 그리고 마침내 멀리서 분희 씨가 보였다. 분희 씨가 한 걸음 한 걸음 걸어올 때마다 심장이 쿵쿵 떨어지는 기분이었다.

"안녕하세요!"

"안녕하세요, 어제 잘 들어가셨어요?"

"네…!"

나도 모르게 소리가 크게 나버려서 손으로 입을 막았고, 그걸 보고 분희 씨는 크게 웃음을 터트렸고, 어색했던 분위기는 다행스럽게 수그러들었다.

"혹시 같이 사진 찍을래요?"

"사진이요?"

"벚꽃이 다 지기 전에 찍고 싶어서요. 사진기는 제가 가져왔어요."

"네, 같이 찍어요. 근데 사진은 누가…."

"아…."

"내가 찍어줘?"

"뭐야, 경태 너 언제부터 있었어."

"아까부터 여기서 낮잠 자고 있었는데 너 소리지르는 소리에 깼다."

"아… 미안."

"카메라 주세요. 제가 찍어 드릴게요."

"아… 감사합니다."

경태는 카메라를 가지고 뒤로 가 우리에게 자세를 잡으라고 했다. 우리는 손을 모으고 가지런히 서 있었고, 내리는 꽃비는 우리의 배경이 되어주었다.

경태는 사진을 찍고 나서 다음에 찍을 때는 더 다정하게 찍으라며 데이트 잘하는 말과 함께 제 갈 길을 갔다.

우리는 어느 순간부터 손을 잡고 동네 외곽에 있는 동산으로 갔다. 동산에서 천천히 걷는 것만으로도 재미있었다. 그저 같이 있는 것만으로 즐거웠던 것 같다. 함께 있는 시간은 야속하게도 빠르게 흘러갔고, 다시 헤어져야 할 시간이 찾아왔다.

"저… 헤어지기 전에 할 말이 있습니다."

나는 땀이 나는 손을 꼭 쥐고 있었다. 오늘이 지나면 이 용기가 다 사라질까 꼭 말해야 할 것 같은 생각에 힘겹게 입을 열었다.

"좋아합니다. 저랑 사귀어주세요."

고개를 푹 숙이고 대답이 오길 기다리는 동안 머릿속이 하얗게 되는 것 같았다. 온갖 생각이 다 스쳐 지나가는 순간 분희 씨는 내 손을 잡으며 좋다고 대답하였고, 나는 맞잡은 손을 더 꼭 쥐었다. 맞잡은 두 손과 마주 보는 눈에서 사랑이 묻어 있었다.

* * *

눈을 뜨니 사진관 천장이 보였고, 내 손을 보니 다시 노인이 되어 있었다.

"좋은 꿈 꾸셨나요?"

"네, 정말 좋은 꿈이었습니다…."

사진관 주인은 내게 사진 한 장을 주었고 그 사진에는 분희 씨와 내가 벚나무 아래서 찍은 사진이 있었다.

"저 이건…."

"여기는 추억을 찍는 사진관이니까요."

"감사합니다…."

"아뇨, 소중한 추억을 다시 찾으셨다면 다행입니다."

원래의 사진은 몇 십 년이 지나 다 바래졌었는데, 이 사진은 처음 찍은 사진처럼 새것이었다. 사진관 주인에게 인사를 하고 나오니 분희 씨와 다녔던 추억들이 새록새록 떠오르는 것 같았다.

오늘 분희 씨한테 꽃이라도 사 가야겠다.

Episode 2

아들이 군대를 갔다 온 뒤 철이 들었는지 그동안 키워줘서 고맙다고 느긋하게 혼자서 여행이라도 다녀오라며 생일선물로 캐나다행 항공권을 쥐여 줬다. 여권을 찾아보니 20대 시절 찍은 사진밖에 없었다. 새로운 여권 사진을 찍기 위해 집을 나서려 하니 아빠가 요 근방에 새로운 사진관이 생겼다며 그곳에 가보라고 말해 주셨다. 사진관에 들어가니 중년의 남성이 나를 반겼다.

"어서 오세요."

"여권 사진을 찍으려고 왔어요."

"네, 거울 보시고 얼굴이 다 보이게 머리카락을 넘기시고 자리에 앉아주세요."

앞머리를 핀으로 고정하고 귀 뒤로 머리를 넘기니 학창시절 딱 이 머리 모양새를 하고 다녔던 게 생각이 났다. 머리와 얼굴을 다듬고 자리에 앉으니 사진사가 낡은 카메라를 만졌다. 그리고 '찍겠습니다'라는 말과 동시에 찰칵 소리가 나며 잠이 들었다.

* * *

"순희야, 학교 가야지."

"… 에?"

눈을 떠보니 낯익은 천장이 보였고, 깜짝 놀라 벌떡 일어서니 졸업하자마자 버렸던 교복이 눈앞에 있었다.

"빨리 옷 갈아입어. 늦겠다."

"엄마…?"

"왜, 옷 갈아입고 밥 먹으러 와."

얼떨떨한 상태로 학교 갈 준비를 하고 밖으로 나가 계속 넋이 나간 채 서 있으니 뒤에서 누군가가 나를 불렀다.

"순희야! 지각이다. 빨리 뛰라!"

그 누군가가 내 손을 낚아챘고, 나는 같이 뛸 수밖에 없었다. 덕분에 무사히 학교에 도착하였고, 내 손을 잡은 이의 얼굴을 보니 옛 단짝이었던 영순이가 서 있었다.

"영순아…."

"뭐, 니 오늘 내 덕에 지각 안 한거다."

"아… 고마워."

"니 그건 안 잊었제."

"뭘…?"

"우리 내일 부산 가기로 한 거!"

"어…? 내일 학교 가는 날인데…."

"그르니까 몰래 째고 가자 그랬잖아."

"아."

"니 오늘따라 이상하네. 하여튼 내일 첫차 타고 가는 거다."

나는 더 물어보고 싶었지만, 선생님께서 들어오셨고 나는 수업시간 내내 갑자기 이곳으로 온 것에 대한 혼란스러운 마음을 다잡고 부산에 언제 갔었는지에 대해 생각을 했다. 어느새 수업은 끝나 있었고 나는 해결되지 않은 의문에 집으로 가 일기장을 보기로 했다. 일기장에는 대체로 성적에 대한 고민이나 진로에 대한 고민이 쓰여 있었다. 그중, 이 일기가 부산에 가기로 했을 때 쓴 것 같았다.

07월 14일

해야 할 일은 늘어나고, 내가 할 수 있는 일은 줄어드는 기분이다. 다른 애들은 착실히 자기가 할 일을 충분히 해내고 있는데 왜 나만 이럴까. 내 역량의 한계를 느끼며 나는 하고 싶은 일을 하나둘씩 지웠고, 남은 건 없었다. 이젠 뭘 해야 할지도 모르겠다. 누군가에게 말해도 '네 노력이 부족해서 그래' 나 '더 열심히 해봐!' 라는 말을 듣게 될까 두려웠다. 기분 전환이 필요해. 내일 영순이에게 부산에 가자고 말해봐야겠다.

일기를 읽고 내가 왜 영순이에게 부산에 가자고 말했는지 어렴풋이 느껴졌다. 어린 나의 고민은 지금의 내가 다 이해할 수는 없었지만 힘들어했을 내가 가여웠다.

다음날, 나는 일찍 집을 나섰고, 영순이를 마중 나갔다.

"영순아."

"에? 니 와 여기있노."

"마중 왔지. 놓고 온 건 없어?"

"야, 내가 니가. 다 챙겼지. 빨리 가자."

영순이는 내 손을 잡고 뛰기 시작했다. 어제와 같은 우리였지만 달리는 길은 달랐다. 우리는 무사히 기차를 탔고, 가벼운 농담 하나에 일상을 하나씩 잊어가는 동안 기차는 목적지로 가고 있었다. 부산에 도착하자마자 우리는 도시락으로 배를 채운 뒤 옷을 갈아입고 바다로 향했다. 바다는 평일이라 그런지 사람이 별로 없었고, 우리는 서로 약속이라도 한 듯 신발을 벗고 바로 바다로 뛰어들었다. 첨벙거리는 물은 태양 빛에 반사되어 보석처럼 빛났고, 그 순간만큼은 어린아이가 된 것처럼 천진난만하게 놀았다. 영순이와 나는 노을이 질 때쯤 물 밖으로 나왔다.

"영순아, 이제 가자."

영순이는 어두운 표정으로 말을 꺼냈다.

"…· 집에 가기 싫어."

나는 갑작스러운 영순이의 말에 영순이에게 집에 무슨 일이 있냐 물어봤다. 영순이는 집에 무슨 일 있는 건 아니라며 울먹이는 목소리로 말을 이어갔다.

"내 요즘 뭐 하고 있나 싶다. 다른 애들은 자기가 해야 할 일도 착실하게 해내고 있고, 가야 할 길도 알고 있는 것 같은데 내만 멈춰 있는 거 같다. 오늘 니랑 부산에 오면 기분이 나아질 줄 알았는데 하나도 안 그렇네. 내 이제 어떻게 해야 되노."

영순이는 말을 끝으로 눈물을 흘렸다. 언제나 밝았던 영순이가 이렇게 힘들어하고 있었는지 몰랐다. 영순이와 18살의 내가 겹쳐 보였다. 말을 꺼내기까지 얼마나 큰 용기가 필요한지 안다. 그래서 섣불리 위로해 줄 수 없었다. 나는 그저 이 작은 품에 영순이를 안아주는 것

밖에 할 수 없었다.

"영순아, 나한테 털어놓아 줘서 고마워. 다 괜찮을 거야."

누군가가 나에게 해줬으면 했을 위로를 영순이에게 해주며 나는 마음속에 남아있던 응어리가 풀어지고 새로운 추억이 차오르고 있음을 느꼈다. 영순이는 진정 되었는지 울음을 그치고 말을 꺼냈다.

"순희야, 고맙다."

"이제 괜찮아?"

"괜찮지는 않은데 힘이 나네. 부산에 같이 가자고 해줘서 고맙다."

"아니야, 나도 고마워."

"내가 뭘 했다고…. 순희야, 우리 사진 찍을래? 카메라 가져왔다."

"그래! 여기서 찍을까?"

우리는 노을이 다 져가는 바다를 배경으로 사진을 찍었고, 그렇게 우리의 여행은 막을 내렸다. 집에 돌아와 당연하게 혼이 났지만, 후회되지는 않았다. 18살의 나는 영순이를 위로하는 데 급급해서 내가 힘든지, 내가 왜 부산에 왔는지를 잊고 있었지만, 이제서야 나를 마주했다.

* * *

눈을 뜨니 나는 사진관으로 돌아와 있었다.

"좋은 꿈 꾸셨나요?"

"네…. 저, 감사합니다."

사진사는 내게 영순이와 찍었던 사진을 건네주었다. 18살의 나와 영순이는 참 행복해 보였다.

나는 캐나다를 다녀온 뒤 이제껏 가지 않았던 동창회에 가보기로 했다. 고등학교를 졸업한 뒤 모든 연락을 끊었고, 그때를 잊고 지냈지만, 지금이면 갈 수 있을 것 같다. 영순이를 다시 보고 싶다.

Episode 3

이제야 머리가 제법 길면서 군대의 흔적이 없어지는 듯했다. 제대후 바로 아르바이트를 하느라 길고양이들에게 꽤 오랫동안 가보지 못했다. 오랜만에 찾아가니 토라진 것인지 옛정을 잊은 것인지 '캬악'거리는 소리로 나를 반겼다. 한 고양이가 골목 밖으로 나가는 모습이 보여 따라가니 처음 보는 사진관이 있었다. 나무로 지어진 사진관은 풀잎들이 우거진 모습에 숲을 연상시켰다. 머리카락도 이 정도면 꽤 많이 길었고, 오늘 옷도 깔끔하게 입고 온 김에 운전면허증에 쓸 사진을 찍기로 했다.

사진관 안에 들어가니 카메라를 만지고 있는 주인분께서 나를 반겼다.
"어서 오세요."
"증명사진을 찍으려고요. 그 운전면허증에 쓰려고…."
"네, 거울 한 번 보시고 이쪽으로 앉아주세요."
사진사분께서 꽤 오래되어 보이는 카메라를 이리저리 만지다. 그리고 나는 '찍겠습니다'라는 말을 끝으로 잠이 들었다.

　　　　　　　　　　　* * *

얼굴이 축축해지는 느낌에 눈을 뜨니 콩이가 내 얼굴을 핥고 있었다.

"콩아… 저리 가."

"…."

"콩이?"

분명 몇 년 전에 죽었던 콩이가 내 눈앞에 있다. 놀라서 휴대전화를 봤다. 나는 이게 꿈이길 바랐다. 오늘은 콩이가 죽기 7일 전이었다.

콩이는 내가 7살 때부터 키운 강아지이다. 콩이란 이름은 내가 지어주었다.

'엄마, 강아지 이름 콩이로 할래!'

'예쁘네, 근데 왜 콩이야? 윤수는 콩 싫어하잖아.'

'음… 근데 강아지 이름을 콩이로 지으면 콩이 좋아질 것 같아!'

"윤수야, 콩이 산책시켜줘."

"네에, 콩아 산책갈까?"

콩이는 일어나지 못하고 꼬리만 얕게 흔들었다. 산책가자고 하면 펄쩍 뛰면서 좋아하던 아이가 힘없이 축 늘어져 있으니 불안했다.

"엄마, 콩이 어디 아픈 거 같은데."

엄마는 콩이를 보더니 동물병원에 데려가자고 말씀하셨다. 엄마는 덤덤해 보이셨지만 목소리가 흔들리셨다.

병원에 도착하고 콩이가 검사를 받을 동안 병원에 있는 강아지들이 뛰어노는 모습을 보았다. 이 병원에서 콩이를 분양받았다. 콩이의 모견은 임신을 한 채로 유기 되었다. 콩이의 모견을 병원 원장님께서 데리고 와 출산을 도와주고 키우시다 3년 전쯤 수명이 다했던 것으로 기억한다. 진료가 끝나고 병원 원장님은 우리를 불렀다.

"콩이가 이제 얼마 못 살 것 같아요."

콩이가 늙었음을 느끼고 있었다. 콩이가 곧 제 명을 다할 것이란 것도 알고 있었다. 애써 부정하고 있던 사실을 받아들여야 할 때였다.

병원에 다녀온 뒤 침대에 누우니 콩이도 피곤했는지 내 등 뒤에 누워 잠이 들었다. 항상 콩이가 자는 곳은 내 등 뒤였다. 무더운 여름엔 선풍기가 없으면 안 오곤 했지만 특별한 경우가 아니면 내 등 뒤는 콩이의 자리였다. 콩이의 온기에 안심이 되었지만 아까 봤던 콩이의 힘 없는 모습에 눈물이 났다. 매일 콩이를 보며 울컥하는 마음에 놀아달라는 아이를 슬금슬금 피했지만 콩이는 매일 나를 따라다녔다. 매일 밤 내 등 뒤를 지키며 나를 따뜻하게 해주었다. 그렇게 6일이 지난날, 자러 들어가기 전 엄마가 나를 불렀다.

"윤수야."

엄마는 내가 콩이와 등을 맞대고 자는 사진을 건네주셨다.

"너 자고 있을 때 둘이 귀엽길래 찍은 거야."

"… 나 10살 때네."

"윤수야, 모든 생명은 시작이 있으면 끝이 있어. 우리도 그렇고. 콩이가 죽는 건 우리 가족 모두가 슬픈 일이지만 콩이는 그보다 더 큰 행복을 우리에게 주었잖아. 그러니까 윤수 네가 너무 슬퍼하지 않았으면 좋겠어."

내가 요즘 콩이를 피해 다니는 걸 엄마도 아셨나 보다. 방에 들어가니 콩이가 따라 들어왔다. 콩이는 여느 때처럼 내 등 뒤에 누웠고, 나는 뒤돌아 누워 콩이를 안아주었다. 콩이가 눈을 떠 나를 바라보았다. 콩이와 눈을 마주치니 이때까지 피해 다녔던 것에 대한 미안함이 몰려왔다. 콩이는 늙었지만 처음 봤을 때처럼 나를 똑바로 바라봐주었다. 나는 콩이를 품에 안고 잠이 들었다.

'어떡해… 엄마 너무 작아….'
'태어난 지 2주 됐어. 곧 눈 뜰 거야.'
눈도 못 뜬 작은 강아지를 엄마가 손바닥 위에 올려줬다. 이 작은 생명체가 숨도 쉬고 심장도 뛰는 걸 느끼니 뭉클거리는 감정이 올라왔다. 처음 생명에 대해 생각하게 된 날이었다.

한 달 후에 콩이가 우리 집에 왔다. 아직 불안한지 자기 집에 들어가 고개만 빼꼼 내밀고 있었다. 머리를 조심스럽게 쓰다듬어 주니 금방 잠이 들었다. 그걸 며칠 동안 반복한 어느 날. 콩이는 내 침대 위에서 자고 있었다.

'콩아, 산책 갈까?'
콩이는 무슨 말이냐는 듯 고개를 갸우뚱했고, 나와 엄마는 목줄을 메어주고 밖으로 나왔다. 우리 집에 온 후 처음 바깥으로 나간 콩이는 풀냄새를 킁킁 맡으며 이리저리 살피다 곧 신나선 뛰어다녔다. 총총거리며 중간중간 뒤돌아서 우리가 오는지 확인하고선 다시 뛰어다니고를 반복했다. 집에 들어와선 지쳤는지 잠이 들었다. 콩이의 첫 산책은 성공적이었다. 그후로 '산책 갈까'라는 말과 함께 산책을 몇 번 시켜주니 '산책'이라는 단어만 들어도 꼬리를 흔들고 폴짝거리며 좋아했다.

콩이의 첫 생일날이었다. 눈도 뜨지 못하고 내 손바닥 위에 누워 있던 작은 아이가, 침대 밑에 쏙 들어갈 정도로 작았던 아이가, 벌써 이렇게 커버려서 우리 집에 온 지 1년이나 되었다는 게 믿기지 않았다. 콩이의 첫 생일인 만큼 엄마는 콩이가 먹을 강아지용 당근 케이크를 만들었고, 아빠는 콩이의 옷을 만들었다.

　'윤수도 콩이 생일선물 산 거야?'

　'응! 삑삑이 장난감!'

　'용돈 모아서 산 거야?'

　'콩이 생일선물 사주려고 간식 안 사 먹고 돈 모았어'

　'아이고 마음도 예뻐라. 콩이도 좋아할 거야'

　콩이의 생일파티가 시작되고 콩이에게 케이크를 먼저 주니 사진 찍을 틈도 없이 허겁지겁 먹었다. 그리고 콩이에게 아빠가 만든 옷을 입히니 하늘색의 옷이 하얀 콩이와 잘 어울렸다.

　'콩이 구름 같아!'

　'하하. 이제 윤수가 선물 줄까?'

　삑삑 소리를 내니 콩이가 꼬리를 격하게 흔들고 내게 쪼르르 왔다. 장난감을 던져주니 다시 물고 오길래 다시 던져 달라는 건가 싶어서 가져가려 하니 뺏기지 않으려고 힘을 주었다.

'엄마, 원래 다시 던져달라고 주지 않아…?'

'그러게….'

콩이의 노는 방식이 약간 이상했지만 좋아하는 거 같아서 뿌듯했다.

고등학교에 입학하고 집에 있는 시간이 줄어드니 콩이를 볼 수 있는 시간도 줄었다. 콩이는 아침에 집을 나설 때면 졸린 몸을 이끌고 나와 나를 배웅해 주었고, 집에 들어가면 자다 일어나 나를 반겨 주었다. 콩이와 놀아주고 잘 준비를 하고 침대에 누우니 쪼르르 달려와 내 등 뒤에 누웠다. 이 순간에 힘들었던 하루를 콩이에게 위로받는 느낌이 들었다. 콩이가 귀여워서 웃음도 나고 하루종일 나를 기다렸을 콩이 생각에 눈물도 나고, 내일은 주말이니 콩이와 산책을 하러 가자는 생각을 하며 잠이 들었다.

콩이의 산책 준비를 하며 오랜만에 콩이를 자세히 보았다. 콩이는 내가 모르는 사이 늙어 있었다. 산책도 전처럼 오래 하지 못하였다. 이렇게까지 콩이에게 신경을 못 써줬다는 생각에 너무 미안했다. 콩이를 더는 볼 수 없는 날이 가까워지고 있다는 생각에 두려움도 커졌다. 그래서 시간이 나는 만큼 더 예뻐해 주고 싶었다. 콩이의 모습을 더 많이 남겨두고 싶어 사진도 많이 찍었다. 콩이가 내 곁을 떠날 수 있다는 사실을 믿고 싶지 않았었다.

눈을 뜨니 평소와 같이 콩이가 있었다. 이 작고 소중한 아이가 나에게 가르쳐준 감정들이 복받쳐 올라왔다. 내가 우니 콩이가 곁에 와서 끼잉 거렸다. 콩이는 끝까지 내 걱정을 해주었다. 오늘 하루 콩이를 위해 뭘 해줄 수 있을까 생각을 해봤지만, 그저 곁에 있어 주는 게 가장 콩이를 위하는 게 아닐까 싶었다.

거실에 나가보니 우리 가족들이 다 있었다. 엄마는 당근 케이크를 만들고 계셨고, 아빠는 콩이의 새 옷을 만들고 계셨다. 그리고 동생은 콩이의 장난감을 사 왔다.

"뭐해?"

"콩이 줄 당근 케이크 만들고 있어."

"아니. 그건 아는데….”

"마지막 가는 길 든든하게 해줘야지."

우리 가족도 콩이를 위해 무언가를 하고 있었다. 콩이는 나뿐만 아니라 우리 가족들에게도 소중한 존재다. 13년 동안 우리 가족에게 웃음을 주었고, 우리 가족에게 연결고리가 되어 주었다. 콩이는 우리에게 단순한 애완견이 아니라 우리의 가족이었다.

콩이에게 당근 케이크를 주니 살짝 먹고선 먹지 않았다. 뻑뻑이 장난감도 몇 번 물더니 내려놓았다. 그래도 콩이는 우리를 보며 꼬리를 흔들고 있었다. 아빠가 만들어준 하늘색 옷을 입으니 여전히 구름처럼 예뻤다. 콩이는 말은 못 하였지만, 우리에게 눈빛으로 고마움을 전하는 것 같았다. 오늘 우리 가족은 콩이가 귀찮아하지 않을까 싶을 정도로 예뻐해 주었다. 하지만 콩이는 귀찮은 기색 없이 좋아하였다. 오늘 하루 시간은 참 빠르게 갔고, 어느새 밤이 되었다.

콩이는 내가 자러 들어가기도 전에 먼저 내 방에 들어가서 자고 있었다. 살며시 침대에 누우니 다시 내 등 쪽으로 자리를 잡았다. 이제 이 따뜻함 없이 어떻게 살아갈까. 잠이 오지 않았다. 콩이가 등 뒤에서 내 몸 앞쪽으로 자리를 옮겼다. 콩이를 천천히 쓰다듬으니 콩이는 내 손을 핥았다. 콩이의 몸이 평소보다 차가웠다. 진짜 마지막이라는 생각에 눈물을 흘리니 콩이는 끼잉 거렸고, 나는 콩이를 더 꽉 안았다. 이 작은 생명이 나에게 가르쳐준 감정은 너무 과분해서 넘쳐 흐를 것 같았다. 말을 하지 않아도 마음으로 통할 수 있음을 배웠고, 생명의 사랑스러움을 배웠다. 앞으로 나는 이 소중한 감정을 가슴에 담고 콩이의 따뜻함을 대신하며 살아가야겠지. 콩이가 점점 차가워지고 있었다. 이 추운 겨울날 콩이가 가는 길이 우리의 소중한 추억들을 장작 삼아 따뜻하게 갔으면 좋겠다.

* * *

눈을 뜨니 사진관이었고, 나는 울고 있었다.

"좋은 꿈 꾸셨나요?"

사진관 아저씨는 내게 사진과 휴지를 건네며 물었다. 집을 이사하면서 잃어버렸던 콩이와 내가 등을 맞대며 자는 사진이 있었다.

"저… 감사합니다. 잃어버린 줄 알았는데…."

"아뇨, 소중한 추억을 다시 찾으셨다면 다행입니다."

나는 콩이가 죽고 슬픔을 잊고 싶어서 군대에 갔다. 너무 바보 같은 생각이었다. 어머니의 말씀이 맞았다. 콩이는 내게 소중한 감정들을 가르쳐 주었는데 나는 그 감정들까지 회피해 버렸다. 오늘 집에 가서 콩이의 얘기를 해야겠다. 콩이를 내 마음에 계속 품을 수 있도록. 콩이는 죽었지만, 여전히 살아 있을 것이다.

Episode 4

하루의 시작은 항상 카메라를 닦는 것부터였다. 낡은 카메라는 제 역할을 다하지 못하는 것처럼 보이지만 여러 사람의 추억을 회상시켜주며 할 일을 충분히 해내고 있다. 이제 가게 문을 열려 하니 어떤 꼬마 아이가 나를 불렀다.

"아저씨!"

꼬마 아이가 숨을 고르며 나에게 말했다.

"안녕하세요! 할아버지가 이거 가져다드리래요."

"고맙다. 라일락이구나. 너는 이름이 뭐야?"

"김희수입니다!"

"희수야, 사진 찍어줄까?"

"사진이요… 네!"

아이는 신나는 듯 의자에 앉았고, 나는 여느 때와 다름없이 사진을 찍었다. 하지만 아이는 잠들지 않았고, 사진 또한 현재의 아이의 모습이 찍혀 나왔다.

"여기 사진. 할아버지께 꽃 감사하다고 전해드려 줄래?"

"네!"

"너도 수고 많았어. 조심히 가."

사람들의 추억을 찍어주는 추억 사진관을 운영하면서 다양한 추억을 보았다. 행복한 추억도, 응어리졌던 추억도, 슬픈 추억도, 모두 인생에 있어서 가장 중요한 기억이기에 꿈속에서 그 추억들은 본 것이겠지. 길고양이들의 아지트였던 이곳에 사람의 온기가 닿지 않았던 이곳에 좁은 골목 사이로 들어와야 보이는 이곳을 찾아와 준 모두에게 이렇게 묻고 싶다.

"당신의 추억은 어디쯤인가요?"

recall

—— 차혜련

이제는 익숙하다 못해 질려버린 이 회사의 합격 통보를 받아 다행이었지만 기쁘지만은 않았던 그때의 기억은 벌써 10년이 지나 있었다. 시간은 내가 기억하지 못하는 때에도 시간이 나를 스쳐 지나갔다는 걸 깨닫게 하는 데 충분했고, 속절없이 지나가버린 나의 시간들이 허공에 떠돌다 증발해버린 것 같은 기분에 화가 나기도 했다. 이젠 내 이름보다 최 대리로 불리는 게 익숙해져 버린 오늘 낯선 번호로 문자가 왔다.

"혹시 이 번호 쓰시는 분 성함이 최하희 맞나요?"

오랜만에 누군가가 나의 이름으로 나를 불러준 탓에 최하희라는 이름이 내 것이 아닌 것 같은 괴리감에 쌓여 있다가 뒤늦게 나의 이름을 안다는 것에 찝찝함과 경계심이 올라왔다.

"그런데 누구시죠?"

"확인할 게 있어서 연락드렸는데 본인 맞으세요?"

"네."

"지금 혹시 통화되니?"

가슴 속 웅어리가 되어 가득 차버린 답답함을 하루빨리 제거하고 싶은 나의 육체는 누구인지에 대한 궁금함보다 누군가가 나에게 격식을 차리지 않았다는 이유로 만들어진 분노를 더 부각하여 나를 자극했다. 머리는 지끈거리다 못해 어지러웠고, 몸은 땅으로 가라앉을 듯 무거워졌다. 나는 잠시 휴대폰을 내려놓은 채 열을 식히려 눈을 감았는데 조금을 기다려 주지 않고 휴대폰이 이리저리 바삐 움직여 책상 표면과 부딪혀 나는 진동소리가 너저분하게 울어대기 시작했다. 겨우 진정될 뻔한 두통은 진동과 함께 다시 뇌를 자극했고 주변 눈치 탓에 부글부글 대는 화를 겨우 누르며 휴대폰을 들었다.

"전화 걸 거면서 왜 물어본 거야."

중얼거리며 전화를 받았고 어디선가 낯익은 목소리가 흘러나왔다.

"여보세요? 하희야, 나 기억나? 3학년 때 실장이었는데. 강수은."

기억은 나지 않지만 그렇다고 낯선 이름은 아니었다. 그래서 강수은이란 사람을 머릿속에서 꺼내려 10번쯤 그녀의 이름을 되뇌었을 때 흐릿하게 강수은이란 아이의 얼굴이 떠올랐다.

"아… 어. 수은아, 잘 지냈어?"

"그럼. 나야 잘 지내지. 너도 잘 지내지?"

"응."

"너 혹시 이번 주 토요일 2시에 시간 돼?"

"갑자기 왜?"

"다름이 아니고 그때 나리 고등학교 동창회가 있거든. 올 수 있나 싶어서"

"아… 벌써 그렇게 됐구나. 토요일에 한다고?"

"응"

"어쩌지, 나 회사 관련 일 때문에 못 갈 수도 있을 것 같은데…."

"그렇구나, 볼 수 있으면 좋을 텐데. 그래도 혹시 시간 되면 연락해 줘."

"그래."

수은이와 통화를 하는 내내 수인이 떠올랐다. 미숙하기만 하여 상처만 준 채 헤어진 것이 수인과의 마지막 기억이라 동창회를 가고 싶다는 마음이 계속 커졌지만, 동창회를 가기엔 내 지금의 모습을 보여 준다는 것이 부서워 차마 간다는 말을 하지 못하고 거짓말로 얼버무린 채 통화를 끝맺었다. 그리고 통화 내용을 잊으려 사막과 같이 삭막하고 전쟁터같이 치열한 일터로 들어가 평소와 같이 업무를 했다. 잔잔하게 퍼지는 키보드 소리 사이에서 피곤에 익숙해진 충혈된 눈을 이리저리 굴리며 일을 하고 씁쓸한 커피를 한 모금을 마시며 피곤함에 대한 나만의 작은 위로를 하면서 몸뚱어리를 업무에 맞춰 움직였다. 하지만 얼마 가지 않아 일에 집중이 되지 않았고 결국 휴대폰을 든 채 밖으로 나갔다.

어느새 평일이 지나 토요일이 되었다. 평소와 같이 9시에 눈을 떴고, 기대감과 걱정들로 머릿속을 가득 채워 이것들을 정리할 겸 얼굴이라도 씻어내자 싶어 몸을 일으켰다.

씻은 후 화장실을 나와 뒤집어진 청바지와 셔츠가 뒹굴고 있는 소파에 아무렇지 않게 앉아 텔레비전을 틀었다. 텔레비전은 영화 홍보를 하고 있었는데 그 영화의 마지막 시리즈가 개봉을 한다는 것이었다. 나는 저 영화의 첫 번째 시리즈를 마지막으로 본 후 일만 한 채 지내다 이제야 세월이 지났구나 하며 나의 청춘이 끝났음을 깨달았다. 깊은 우울감에 빠져 나 홀로 생각에 빠지다 동창회에 늦겠다 싶어 서

둘러 화장대 거울 앞으로 향했다.

거울 앞에 있는 나는 어느샌가 얼굴에 주름이 지기 시작했다. 화장으로 최대한 젊어 보이려 노력을 해도 이젠 한계에 부딪혀 버렸고 겉모습까지 점점 잃어버리는 것 같은 생각에 어느새 거울로 내 모습을 볼 때마다 나는 나를 더 못나게 만든다.

"참 늙었다."

나는 내 얼굴을 볼 때마다 한심한 내 삶을 바라본다. 주위에 기댈 사람도 없고, 내 적성과는 무관하게 밀려오는 업무들만 해결하는 로봇 같은 인생. 내 몸뚱이만 늙어버려 나중에 폐기되지 않을까 하는 미래에 대한 불안감. 열심히 산 것에 비해 보상을 못 받아 생긴 억울함. 어느샌가 불만만 내뱉는 나에 대한 경멸.

이렇게 난 못난 점 하나하나 찾아내어 나를 더 못나게 만들고 나서야 하루를 시작한다.

준비를 모두 마치고 모교를 가기 위해 버스를 탔다. 새로운 시간에 묻혀 잊고 살았던 과거의 익숙함이 진한 향수가 되어 버스 안을 가득 메우기 시작해 조금씩 변해버린 나와 바깥 풍경들을 과거로 보내고 있었다. 나는 틀린 그림 찾기라도 하듯 변해버린 풍경들을 하나하나 찾아냈고 어느새 나리 고등학교 앞으로 버스가 도착해 있었다. 버스에 내려 익숙한 풍경들을 따라 걷다 보니 모교가 보였고 세월에 부피가 깎였는지 커다랗고 궁궐 같던 학교는 앙상하게 변한 채 낡아 있었다. 학교를 다닐 적 남겼던 수만 개의 발자국들이 다른 사람들의 발자국에 묻혀 형체를 잃어 모래가 되어 있을 동안 나도 발자국들과 같이 형체를 잃어 수많은 생물체 중 하나가 되어 버렸다는 생각과 학교의 발자국을 남길 때 사람들의 머릿속에 나를 남길 것이라며 상상의 나래를 펼치던 과거와 달리 보잘것없이 변해버린 지금 내 모습이 대비가 되었고 어김없이 또 침울해지기 시작했다. 하지만 모교의 운동장에서 들려오는 웃음소리와 수다 소리는 나와 달리 가볍고 즐거워 보였다.

운동장을 가득 채운 천막들 중 나의 동기들이 있는 곳으로 들어갔고, 모두 변해버린 얼굴들 속 작게 그들의 옛날 모습들이 살아 움직이고 있었다.

"너 하희 맞지? 최하희."

"용케도 기억하고 있었네."

"당연하지, 넌 어떻게 변한 게 하나도 없나?"

"뭐래. 얼굴이 하루하루 다르구만."

"최하희 맞아? 어디서 내숭을 떨어."

"맞으니까 전화받고 왔지. 설마 내가 술 얻어 마시러 온 방랑객이겠냐?"

"그래야 최하희지. 내가 너 얼마나 보고 싶었는데 수인이랑만 연락하기 있나?"

"수인이랑도 연락 끊겼어."

"아… 정말? 수인이가 네 번호 알려줘서 너랑 연락 닿았다고 하길래 계속 연락하는 줄 알았지. 무슨 일 있었어? 수인이랑도 연락 끊고."

"뭐. 어쩌다보니 그렇게 됐네."

수인의 이름을 듣자 마음 한 편이 저려오기 시작했다. 나는 앞에 놓인 술을 마셨고 그와 동시에 누군가 이 천막으로 들어왔다. 그녀의 향수 냄새가 나를 돌아보게 했는지 아님 나도 모르게 느낀 그녀의 분위기에 끌려 바라봤는지는 잘 모르겠지만 시끄럽고 분잡한 실내 속에서도 들어오는 사람이 수인이라는 것을 쉽게 알 수 있었다.

"진짜 어떻게 하나도 안 변했냐?"

수인이 나에게로 걸어왔다. 어제 만난 사이처럼 아무런 거리낌 없이 다가오는 수인을 보자 그동안 긴장감에 얼어 있던 나 자신이 우스워지는 것 같아 허무함에 웃음이 나왔다.

"학창시절 때 나 노안이었구나? 나는 나이 때에 맞는 얼굴인 줄 알았더니, 지금 이 얼굴이 낭랑했던 때의 내 얼굴이랑 같단 말이야?"

"개풀 뜯어 먹는 소리하고 앉아 있네. 장난하냐? 네가 뭐가 늙었어. 여기서 피부도 제일 좋아 보이는구면."

가빈이 불만스러운 표정을 지으며 탄식했다. 이럴 의도는 아니었지만 가빈의 말의 기분이 좋아 괜히 으쓱해져 앞에 놓인 과자를 씹으며 웃음을 삼켰다.

"잘 지냈어?"

수인은 나를 지긋이 바라보고 있었다. 눈가에는 옅게 주름이 지어졌지만, 특유의 블랙홀같이 빨려들 것 같은 눈동자는 변함없이 나를 끌어당기고 있었고, 눈 꼬리를 휘며 이목구비를 둥글게 만들어 바라보는 것만으로도 마음이 편해지는 그 미소는 그때나 지금이나 나에게 안정감을 주었다.

"참 한결같네. 너나 나나. 너는 요즘 어떻게 지내?"

"나는 얼마 전까지 다녔던 병원 그만두고 요즘 악기 배워."

"그럼 뭐 먹고살아? 앞으로 어떡하려고."

"밥 먹고살지. 가끔씩 고기도 썰고. 네가 까먹었나 본데 나 의사였거든. 돈 많이 벌어놨고, 쓸 시간이 없어서 돈은 고이 모셔 놓기만 했고. 걱정 안 해도 돼."

"이제 뭐 하고 살려고?"

"나 책 냈어. 작가할 거야. 악기도 배우고, 요리도 하고, 이것저것 다 해볼 거야."

"당장은 그렇다고 하지만 나중에는 어떻게 할 거야. 작가로 먹고 살기가 어디 쉬운 줄 알아?"

"걱정 좀 그만해라. 누가 보면 내가 네 인생사는 줄 알겠네. 너 학창시절에 나 글 잘 쓴다고 칭찬했잖아. 상도 좀 타고. 나 글에도 재능이 넘치는 사람이야."

"이거랑 그거랑 같아? 돈 차이가 심하게 나잖아."

"아이고. 네가 우리 엄마야? 우리 엄마도 허락한 걸 왜 네가 반대하냐?"

"갑자기 무슨 바람이 불어서 이래? 남들은 못 가져서 안달인 걸 너는 왜 그걸 네 발로 차버려."

"의사는 엄마 꿈이었어. 난 원래 꿈이 작가였고. 나는 엄마의 강요에 져서 그 길로 갔던 것뿐이야. 이제야 내 꿈을 찾아서 가는 거고. 너는 몰라. 학창시절 때 나는 원하지도 않는 길을 걷고 있는데 너는 네가 원하는 길을 걸었잖아. 내가 얼마나 널 부러워했다고. 나도 너처럼 내 꿈대로 살고 싶었는데. 뭐 이제라도 이뤘으니까 다행이지. 우리 타임캡슐 묻었을 때 꼭 내 꿈 이룰 거라고 다짐했는데 이제야 이뤘네."

"타임캡슐?"

"타임캡슐 까먹은 건 아니지?"

나는 당혹감에 눈동자를 이리저리 굴리며 타임캡슐을 생각해내려 애를 썼다. 하지만 수인은 대답을 못 받겠다 싶었는지 던지듯 다시 말을 이었다.

"우리 졸업하고 헤어지기 전에 우리 비밀 기지에 타임캡슐 묻었잖아. 진짜 까먹었어?"

전구가 한 번에 밝은 빛을 낼 때마다 느낄 것 같은 번쩍한 느낌이 머리에서 느껴졌고 뒤늦게 수인과 함께 묻었던 타임캡슐이 생각났다.

"아… 그걸 까먹었네."

수인과 함께 묻었던 그 타임캡슐이란 기억은 어느샌가 잊힌 것들 중 하나가 되어 있었다. 그리고 나는 예전 웃음기가 많던 과거들을 잊어버린 채 그저 덤덤하고 지루하게 변화 없는 하루들을 꾸역꾸역 보내고 있다는 사실조차도 잊은 채 살아가고 있다는 걸 그제야 깨달았다. 나는 서러움에 산사태가 밀려오듯 흘러내리려는 눈물을 겨우 붙잡고 불그스름한 얼굴을 들키지 않으려 고개를 숙였다.

"뭐 하고 지냈어?"

수인이 나에게 이렇게 물었다. 그 눈빛엔 걱정과 동정, 안쓰러움이 담겨 있었는데 그 모습이 나를 더 작게 만드는 것 같은 기분에 나도 모르게 기분이 상해져 버렸다. 그러면서 '내가 어쩌다 이렇게 변해 버린 거지', '왜 나만 이런 모습일까. 나도 잘 웃었는데…' 하고 또 부정적인 생각에 빠지기 시작했다. 과거의 나와 지금의 그들이나 모두 행복 속에 살고 있는데 불행 속에 살고 있는 지금의 나는 이곳과 어울리지 않는다는 생각이 갑자기 차갑고 부담스럽게 다가왔고 이곳에 오는 것이 아니었다고 뒤늦게 후회했다. 부모님의 기대가 너무 커 힘들다고, 나에게도 한 자락의 자유가 내려졌으면 좋겠다고 항상 우울하기만 하던 수인을 항상 내가 달래주고 우울한 걸 풀어주는 위치에 있었는데, 갑자기 수인과 내가 자리가 바뀌었다는 생각에 끝이 없는 해저 밑으로 가라앉는 기분에 사로잡혔다. 나는 나도 모르게 수인보다 위에 있다고 생각했나 보다. 바보같이.

"그냥. 너랑 똑같이 밥 먹고 일하고 살았지. 너랑 다를 거 없는데."

나는 힘이 빠져 의자 등받이에 기댄 채 고개를 삐딱하게 꺾고 수인을 쳐다봤다. 수인은 내가 보낸 반응에 적지 않게 당황했는지 표정을 숨지지 못했고, 어색하게 웃으며 다시 말을 걸었다.

"당연하지. 세상사 다 비슷하지 뭐. 기분 나빴다면 미안해."

수인의 반응에 더 작아지고 초라해지기 시작했다. 아니, 수인의 반응에 내가 나를 작고 초라하게 만들고 있다는 걸 깨닫게 했다. 그동안 환경과 돈에 대한 한탄만 쏟아냈으면서 착한 척으로 나를 위장하고 남들이 잘 되는 걸 시기하는 그냥 그릇 작은 인간. 나는 그뿐인 것이다.

나는 그냥 이곳을 나가야겠다는 생각에 옆에 있는 의자에 두었던 가방을 잡았다.

"아니야. 피곤해서 그런가 봐. 미안. 나 기분 안 상했으니까 사과할 필요 없어. 애들 오랜만에 볼까 하고 무리해서 나왔더니 괜히 분위기만 망치는 거 같네. 미안. 나 먼저 갈게. 오랜만에 봐서 너무 반가웠어. 나중에 꼭 만나."

빠른 걸음으로 천막을 벗어났고 천막에 막혀져 있던 햇살이 다시 나를 비추기 시작했다. 나는 한 걸음 두 걸음 발을 떼어 내며 학교를 서둘러 벗어났고, 벗어날수록 오늘 한심했던 내 밑바닥을 떠오르게 했다. 나는 이곳에 오는 게 아니었다.

"하희야."

수인이었다. 나는 뒤를 돌아봤고, 수인은 나에게 다가왔다.

"우리 오늘 타임캡슐 열어보기로 했는데… 오늘 가보지 않을래?"

수인의 표정은 걱정이 가득한 표정이었지만, 눈동자는 빛나고 있었다. 나는 그 반짝임이 학창시절의 내 눈빛 같다는 생각이 들었고, 수인의 말에 응했다.

"넌 아직도 순수한 구석이 남아 있네. 가자. 깨뜨리기 싫다."

우리는 학교에서 20분 거리에 있는 뒷산으로 향했다. 오랜만에 친구들을 본다고 신경을 쓴 탓에 산과는 어울리지 않는 구두를 신어 발이 저려오기 시작했다. 우리는 산을 올랐고 등산로에서 살짝 벗어나면 보이는 폐가로 향했다. 20년이란 세월이 지나 혹시 사라지지 않았을까 했던 걱정은 반가움과 신기함으로 변했고, 나도 모르게 들떠 발의 통증은 잊어버린 채 걸음을 재촉했다.

"사라졌으면 어떡하나 되게 걱정했는데. 다행이야."

"그러게 나도 되게 걱정했는데, 내가 기억을 간직하고 있어서 이 집도 그때의 모습을 간직하고 있었나 봐. 하나도 안 변했네."

"말하는 거 보게. 안 본 사이에 무슨 일이 있었길래 다른 사람을 무말랭이처럼 쪼그라들게 하는 능력이 생겼을까."

"이게 바로 작가의 감수성이랄까?"

"염병하네. 그건 중2병이라고 하는 거야. 들어가기나 하자."

폐가를 지키고 있는 나무 대문을 통과해 집 안으로 들어갔다. 그 폐가는 그때 우리가 타임캡슐을 묻었던 그때와 변한 게 하나 없이 허름했다. 지붕에 구멍이 뚫렸는지 슬레이트 판이 지붕에 덕지덕지 쌓여 있고, 모래 휘날리는 마당을 바라보는 방문들은 방들과 밖을 완전히 차단하고 있었다. 물론 방문을 열어보려 시도하진 않았다. 이 집에 주인이 없는 것 같아 우리들 마음대로 이곳을 기지로 삼았지만, 어쨌든 누군가가 이곳에 살았을 거고 그들의 사생활이 담겨 있을 방들을 허락도 없이 구경을 하는 건 옳지 않다는 생각 때문이다. 그리고 이 규칙은 우리가 생각한 최소한의 예의라 생각했기에 아직까지도 대문 말고 다른 문들은 손대지 않았다.

과거의 우리는 20년이 지난 후면 어디에 묻었는지 기억을 못 할 수도 있다고 타임캡슐을 묻은 지점에 굴러다니는 나뭇가지를 주워 꽂았다. 그 당시 우리가 살아온 세월보다 더 많은 20년이란 긴 세월을 짐작할 수 없었던 건지 나무가 썩는다는 생각을 하지 않았다. 나는 어떻게 찾지… 하고 걱정을 하고 있을 때, 수인이 날 불렀다.

"하희야. 우리 그때 대문 앞에다 묻었었네. 어떻게 그때 꽂은 나뭇가지가 안 썩고 이렇게 그대로 있지?"

수인의 손에는 밑 부분에 흙이 묻어 있는 나뭇가지가 있었다. 썩은 모습이라곤 보이지 않고 오히려 나무에 있는 가지를 방금 꺾은 것처럼 싱싱해 보였다. 나는 닭살이 돋아나는 걸 느꼈지만 혹시 한순간에 오버쟁이가 될까 아무렇지 않은 척 수인에게 물었다.

"원래 20년 정도 되면 나무가 썩지 않나?"

"그러게. 썩지 싶은데… 어떻게 이렇게 썩지 않고 그대로 있지? 누가 계속 교체해 줬나?"

"그렇다고 하기엔 우리가 가지에 새긴 이니셜도 있는데? 가지를 세심히 보지 않는 이상 이니셜 찾기도 힘들었을 텐데."

갑자기 꺼림칙한 기분에 심장이 빨리 뛰기 시작했고 서둘러 땅을 파헤쳐 타임캡슐을 꺼낸 후 서둘러 폐가를 나왔다.

우리는 산을 벗어나 근처 공원으로 향했다. 우리는 벤치에 앉을 때까지 아무 말도 하지 않았다. 그 나뭇가지는 무엇이었을까. 눈썰미가 좋고 오지랖 넓은 어떤 사람이 계속 나뭇가지를 교체해 왔던 걸까. 아님 나뭇가지가 사실 모형이었나. 이런저런 오만 가지 생각들을 하고 있는데 수인이 말을 했다.

"세상엔 과학으로 설명할 수 없는 일이 진짜 일어나나 봐."

"반응이 뭐 이렇게 태연해? 나는 심장이 벌렁벌렁 거리는 구만."

"호들갑은. 그럴 수도 있지."

"넌 이게 받아들여져? 20년 동안이나 흙에 묻혀 있던 나뭇가지가 썩지도 않고 멀쩡히 있는데?"

"앞으로 살면서 놀랄 일 또 생기니까 간 좀 부풀려라. 간이 콩알만 해서 술 해독은 되냐?"

"너도 나뭇가지 처음 봤을 때 놀랐으면서. 누가 보면 나 혼자 설친 줄 알겠네."

나 홀로 아이가 된 기분이었다. 내가 어리광을 굴면 수인은 초등학생을 상대하는 고등학생처럼 대답했고 나는 무안함에 주제를 전환시키려 타임캡슐 쪽으로 시선을 돌렸다.

"빨리 열어보자."

허둥지둥 나오는 통에 타임캡슐을 이제야 자세히 봤다. 타임캡슐은 시계 그림이 군데군데 그려져 있는 종이상자였다. 아마 타임캡슐의 '타임' 때문에 일부러 시계가 그려진 상자에 넣었으리라. 종이상자 뚜껑 위에는 A4용지를 잘라 테이프로 고정시킨 경고문이 있었다.

'손대지 마시오.'

이 글을 보자 내가 순수했구나 하고 깨닫게 되었다. 열어볼 마음이 있는 사람은 어쩌면 그 말이 촉진제로 작용할 수도 있을 텐데 이 경고문을 적어놓고 안심을 했다니. 나도 모르게 웃음이 새어 나왔다.

"연다."

수인은 뭐가 그리 긴장되는지 목소리에 힘이 들어가 있었다. 학창시절보다 더 어린아이가 된 것 같은 수인을 신기해하다가 '꿈을 찾으면 젊어진다던데…' 하는 생각에 나 홀로 그래서 그런가 보다 하고 결론을 냈다.

수인 때문인지 타임캡슐을 넣던 시간들이 현재와 겹쳐 보이는 것 같았다. 나는 아마 이렇게 했겠지? 하는 생각에 미소를 머금으며 천천히 그리고 장난기 가득하게 카운트다운을 시작했다.

"하나… 둘… 셋…."

20년 만에 상자가 열렸다. 20년 전의 나는 어떤 아이였을까 하는 호기심과 기대감에 상자를 바라보는데 그 속에는 신문지가 무언가를 보호하고 있었다. 뭐가 그렇게 소중해서 경고문에 신문지로 보호까지 했는지… 그때의 감성에 젖어 신문지가 찢어지지 않게 조심히 그 안을 확인했다. 그 속에는 쪽지가 담겨 있는 유리병 2개와 일기장, 그리고 수인이 학창시절 늘 가지고 다니던 작은 노트가 들어 있었다. 당연 일기장은 내 것이었다. 1999년 대학수학능력시험을 치고 성인과 미성년자의 경계에서 한참 원 없이 놀 때, 이 순간을 기록하고 싶었다. 그래서 나는 그 결심을 한 당일 일기장을 샀고, 그다음 날부터 내 기록을 남기기 시작했다. 다른 지역에서 놀던, 집 근처에서 놀던, 수인의 집에서 놀던 어느 한 장면을 사진으로 남겨 일기와 함께 기록했다. 그리고 딱 30일이 되던 날을 마지막으로 기록한 후 20년 전 그날 타임캡슐에 묻었다. 우리는 각자의 물건을 챙기고 상자를 어떻게 할지 이야기했다.

"상자 누가 가져갈래? 버리긴 싫은데…."

"이거 누가 가져왔지?"

"우리 둘 각자 돈 모은 거 합쳐서 근처 마트에서 같이 샀잖아."

"그랬나…?"

"너 가져갈 마음 있어?"

"난 이 일기장이랑 편지가 중요한 거라."

"나돈데. 그럼 우리 그 폐가에 다시 묻을까? 허둥지둥 나온다고 땅이 파여진 채로 그냥 왔잖아."

"거길 다시 가자고?"

"응."

"너 겁 어디로 실종됐어?"

"말했잖아. 이 세상엔 과학으로 설명할 수 없는 일들이 일어난다고. 아무 일도 안 일어나 괜찮아."

"실제로 본 것처럼 말하네."

"그랬더라고. 20년 전에."

"그때 기대했던 마음 때문에 타임캡슐을 꺼내는 꿈을 꿨던 거 아니야?"

"나뭇가지가 썩지 않아서 놀랐던 그때를 꿈에서 봤어."

"거짓말. 20년 전에 꿨다면서. 누구를 놀리려고."

"내가 그때 꾼 꿈을 적어 놓은 게 있더라고. 까먹고 있었는데 얼마 전에 청소하다가 발견했고 꿈에 대해 썼던 글을 발견했을 때 동창회 오라고 전화가 왔지. 그래서 어쩌면 꿈이 현실이 될 수도 있겠다고 생각이 들어서 동창회 나온 거야. 네가 올 거 같아서."

"이 이상한 일도 놀라운데 그 일을 꿈으로 보고 현실에 벌어졌는데 왜 이렇게 덤덤해."

"이 세상은 과학으로 설명할 수 없는 일이 벌어진다는 걸 아니까."

우리는 다시 폐가로 향했다. 두려운 마음이 컸지만, 수인의 얘기를 듣고 폐가에 어떤 힘이 잠재되어 있는 것 같다는 생각에 다시 한번 그곳을 가보기로 한 것이다.

다시 한번 그곳에 갔을 땐 20년 전 우리의 비밀기지라는 느낌보다 폐가라는 느낌이 더 강했다. 아마 나뭇가지와 수인의 꿈이 한몫 했을 것이다. 우리는 방금 만든 구덩이에 상자를 놓고 다시 묻었다.

"갈까?"

수인이 흙을 두드리며 말했다. 나는 그 말을 기다렸다는 듯 "그래." 라고 대답했고 몸을 일으켰다. 나도 모르게 혹시 상자를 묻으면 어떤 일이 벌어지지 않을까 하고 기대를 했지만, 역시 일어나는 일은 아무 것도 없었다. 뭘 기대했던 건지 대문을 나오기 전까지 고개를 돌려 폐가를 바라봤다.

집에 도착하자마자 한 일은 일기를 읽는 것이었다. 일기의 내용은 대부분 아무런 고민없이 놀고, 웃고, 작은 것 하나하나를 소중하게 느끼고 꿈을 꾸고. 읽으면 읽을수록 그때의 나는 참 행복했구나 하는 생각만 들었다. 그때의 내가 지금의 나를 본다면 어떻게 생각할까. 쓸데없이 생각만 늘다 마지막 장에 쓰여 있는 글을 발견했다.

너는 지금 사람들의 머릿속에 나를 남기고 있는 중이겠지? 멋진 사람이 돼서 누군가의 희망이 되고 있는 중이길 바라. 만약 그렇지 못한다고 해도, 최선을 다했을 거야. 내가 알아. 열심히 살았다는 거. 힘든 일은 누구에게나 찾아오고, 나도 피할 순 없는 거니까. 그러니까 잘해 온 것처럼 계속 하다 보면 그 노력을 알아주는 날이 올 거야. 지금의 나로서는 그렇게 생각해. 열심히 살자.

힘없이 입꼬리를 올리며 하찮은 듯 좁아진 입술 사이로 옅게 한숨을 내보냈다. 내 손으로 이런 글을 썼다는 게 믿기지도 않았고, 나에 대해 뭘 아냐고 반항심이 들기도 했다. 그런데 몸속에선 겉과 다르게 따뜻한 무언가가 퍼지는 것 같았다. 나는 혼자서 웃어버렸고 싫지 않은 기분에 노트를 곁에 두고 누웠다.

"타임캡슐로 쓸 거니까 시계 그림 있는 상자로 살까?"
"뭐 이렇게 단어에 충실해?"
"쉽고 좋잖아."
20년 전 나와 수인이 근처 마트에서 상자를 고르고 있다. 아마 이건 꿈인 것 같고, 그들은 내가 보이지 않는 것 같다. 예상은 하고 있었지만, 상자 디자인을 고른 건 나였다. 나는 상자를 들고 있고, 들떠 보였다. 우리는 비밀기지인 폐가로 향했다. 나와 수인은 땅을 파 타임캡슐을 묻고 수인이 굴러다니는 나뭇가지를 집어 위치를 표시했다. 그리고 그들은 움직이지 않았다. 자세히 말하면 내 꿈속에서의 시간이 멈췄다. 나는 꿈에서라도 그 순간을 간직하고 싶어 주머니에 있는 휴대폰을 꺼내 타임캡슐을 묻는 그들의 사진을 찍었다. 이 꿈에서 깨면 내 휴대폰엔 사진이 없겠지만 왠지 모르게 느껴지는 뿌듯함과 따뜻함이 가슴속 깊은 곳에서 몸 전체로 퍼졌다.

눈을 떠 보니 벌써 해가 중천에 떠 있어 방은 햇빛으로 환했다. 참으로 기이한 꿈을 꿨다고 생각을 한 후 내가 자는 사이 연락이 온 게 있나 확인할까 하고 휴대폰 잠금을 풀자 낯이 익은 무늬가 보였다. 알고 보니 카메라가 켜져 있어 이불이 카메라에 찍힌 모습이었다. 휴대폰 카메라를 잘 쓰지 않는 나는 몸 끝에서부터 빠르게 올라오는 냉함을 느끼며 혹시나 하는 생각에 갤러리를 들어갔고 빠르게 내 기억 속에서 사라지고 있던 꿈은 나를 혼란에 빠지게 했다. 갤러리 속에 내가 꿈에서 찍은 사진이 있었던 것이다. 아이 두 명이 땅을 두드리며 환하게 웃는 사진. 아무리 봐도 내가 꿈에서 찍었던 사진이 틀림없었다. 손의 떨림이 느껴졌다. 이게 무슨 일인가. 계속 사진을 바라봤지만 달라지는 것은 아무것도 없었고, 수인의 말이 계속 머릿속에 맴돌았다.

세상에는 과학으로 설명할 수 없는 일이 일어난다.

다시 일기장을 들고 폐가로 향했다. 폐가 안은 여전히 허름했지만 설명할 수 없는 기운이 느껴지는 것 같았다. 어제저녁 일기장을 읽고 이상한 꿈을 꾸고 그 꿈에서 찍은 사진이 있었던 것처럼 이곳에서 일기를 읽으면 무슨 일이 벌어지지 않을까 하는 생각에 어제 읽은 일기를 다시 읽었다. 나는 다시 행복했던 순간들에 젖어 들었고 다시 마지막 20년 전 내가 나에게 적은 글까지 모두 읽고 주위를 둘러 보았다. 그러자 20년 전의 나와 수인이 시계 그림이 그려진 상자를 들고 이곳에 들어왔다. 그리고 그들은 꿈에서처럼 내가 보이지 않는 것 같았다.

"근데 20년 뒤인데 타임캡슐 기억하려나?"

"당연하지. 내가 쓴 일기를 타임캡슐에 넣었는데. 나는 기억할 걸?"

"일기에 뭘 적었길래?"

"내가 행복해 하는 모습. 20년 뒤에 내가 어떤 모습일지 모르겠지만 지금처럼 고민이랑 힘든 일들이 있을 테니까. 이거 보고 위안 좀 얻으라고."

"그럼 꼭 찾으러 와야겠네."

"그럼. 당연하지."

그들은 밖으로 나갔다. 그래서 나도 그들을 따라 폐가를 나왔고 해가 저물기 시작해 그들은 학교에서 헤어졌다. 나는 수인을 따라갔다. 이때쯤 아버지가 IMF의 영향으로 회사에서 잘렸다는 걸 아버지께 전해 들어 가정의 따뜻함보다 미래에 대한 두려움이 가득했을 때라 이맘때에 대한 추억에 젖어 들 생각이 없기도 했고, 그 다음 날이 수인과 싸우고 난 뒤 20년간 보지 못했었다는 것이 생각났기 때문에 큰 고민없이 수인을 따라갔다.

오랜만에 본 수인의 집을 보자 익숙함 때문인지 정겨움이 느껴졌다. 수인은 집으로 들어갔고 나도 들어가도 되는지 고민을 하다 이 다음날 왜 우리가 연락을 끊게 되었는지 알 수 있지 않을까 하는 궁금증에 들어가기로 결심했다. 그런데 결심을 해도 어떻게 들어가야 하나 하고 고민하고 있는데 수인이 문을 열고 나를 바라봤다.

"안 들어와요?"

"내가 보여?"

"보이네요. 빨리 들어와요. 나 말곤 당신 아무도 못 보는 거 같으니까."

나는 집 안으로 들어갔고, 자연스레 수인의 방에 들어갔다. 뒤따라 들어온 수인은 방문을 닫았다.

"왜 안 놀래? 내가 너한테만 보이는데. 근데 내가 너한테만 보이는 걸 어떻게 알았어?"

"꿈에서 봤어요. 내가 신기가 좀 있어서."

수인은 이 말을 하곤 찡긋 하고 웃었다. 나는 그 말과 행동에 조금 놀라 수인의 말을 되뇌었다.

"그럼 잘 곳도 없겠네. 오늘은 여기서 자요."

"나 뭔지도 모르는데 이렇게 들여보내면 안 무서워?"

"딱히, 뭔지는 몰라도 혼자 있는 것보단 훨씬 나아서요."

"근데 부모님은? 어디 가셨어?"

"원래 부모님 집에 별로 안 들어와요. 쓸데없는 얘기 그만하고 여기서 자요. 난 다른 방에서 잘 테니까."

"하나만 더 물어보면 안 돼?"

"또 뭐요?"

"혼자 있으면 그럼 밥은 네가 차려먹어?"

"당연하죠. 저희 부모님이 의사시거든요. 다른 사람 살린다고 맨날 집에 들어오지도 않고. 딸이 고독사로 죽게 생겼구만."

30대가 되어 바라본 수인의 모습은 그저 솜털이 부슬부슬하게 있는 어린아이에 불과한데, 그 어린 얼굴에 외로움을 체념으로 받아들인 그 표정은 나를 슬프게 만들었다.

"혼자서 뭐하는데?"

"공부하죠. 저희 부모님은 제가 당연히 의사가 돼야 한다고 생각하시거든요. 저항하기도 무섭고 해서 일단 저도 의사가 되려고 공부만 해요. 궁금한 거 해결 됐어요?"

"그런 것 같은데."

"그럼 쉬세요."

이 말을 하고 수인은 방에서 나갔다. 나는 침대에 누워 수인이가 내가 모르는 동안 혼자서 앓는 날이 많았겠구나라는 생각에 곁에 있으면서 잘 알지도 못했던 내가 한심해지기도 수인에게 미안해지기도 했다.

"저기요."

수인이 나를 흔들어 깨웠다. 수인은 반듯한 머리에 단정한 옷을 입고 있었다.

"어디 나가?"

"친구 만나러 가요. 그러니까 그쪽도 이제 시간 여행 그만하고 집으로 돌아가요."

오늘이 나와 수인이 싸우는 날일 거다. 이 일 때문에 폐가가 나를 과거로 보낸 것이 아닐까. 나는 싸웠던 그 시간을 봐야겠다고 결심했다.

"나도 가면 안 돼?"

"안 돼요."

"왜?"

"왜 따라오려고요? 우리 비밀기지에 타임머신 같은 게 있나 본데. 빨리 그 폐가로 가서 당신 사는 곳으로 가요."

"장난으로 한 말인데 그렇게 정색하면 무안하잖아."

역시 무리한 부탁이었다. 어차피 내가 무슨 이유였는지는 기억이 안 나지만 그때 마지막 대화를 하고 연락을 끊어 버렸다는 건 기억하고 있었다. 그렇기 때문에 굳이 따라갈 필요도 없고, 싸운 장소도 알기 때문에 수인의 말대로 폐가에 가보기로 했다.

수인의 집을 나와 바로 폐가로 향했다. 그리고 도착하자마자 폐가 주위를 둘러봤다. 역시 특별한 것 없이 허름하기만 한 집이었다. 다른 게 없을 거란 걸 알지만 폐가 안을 둘러보기 위해 다시 대문을 열었다. 모래바람과 허름한 집을 덮어주는 슬레이트 판밖에 볼 것이 없을 거지만 말이다. 그런데 내 예상과 다르게 한 가족으로 보이는 사람들이 나를 반기고 있었다.

"아이고, 네가 하희 맞제? 예쁘게 잘 컸다."

때가 낀 흰 한복을 입은 할머니께서 말씀하셨다.

"저를 아세요?"

"알고 말고. 너랑 수인이 덕분에 심심함을 덜었지. 수인이가 우리 얘기 안 하디?"

이 이야기를 듣자 어젯밤 수인이 말한 귀신들의 인상착의가 비슷한 것 같았다. 한복 입은 할머니, 허름한 옷을 입은 중년부부, 부부의 자식으로 보이는 한 꼬마 아이까지.

"아… 혹시 이 집 주인이세요?"

"그랬지. 빈민가에서 살다가 쫓기다시피 이리로 와서 살림을 차렸으니. 우리 아들이 집을 짓는 재주가 있거든. 자기 직장에 있는 물건들을 몰래 훔쳐서 집을 짓곤 재개발인지 재소발인지 하는 이유로 우리 집에서 우리를 내쫓길래 그만 여기서 쭉 살다 이렇게 귀신이 돼버렸지."

"어쩌다가 이곳에 남으신 거예요?"

"우리 시신은 잘 안장됐으니 이상한 눈빛 짓지 말고. 귀신이 되면 시간이 사라져. 그래서 과거로 가기도 하고, 미래로 가기도 하지. 그리고 영혼들은 큰 죄를 짓지 않는 한 세 가지 선택을 할 수 있어. 환생을 하던지, 하늘에서 살던지, 이 두 가지 중 선택하기 싫으면 우리처럼 이 세상에 남던지. 우리는 선택을 한 것뿐이야."

"그럼 혹시 귀신이 되면 특별한 능력을 가지게 되나요?"

"예를 들어 너를 과거로 보내는 능력 같은 거?"

가만히 듣고만 있던 중년 남성이 말했다.

"저를 과거로 보내신 게 여러분이에요?"

"그렇지. 우리가 힘을 합쳐 너를 이리로 불렀지. 우리는 너희 우정을 응원하는 쪽이라."

"그럼 왜 우정이 끊어져 버렸는지 아세요?"

"지금의 너라면 상황을 보고 왜 우정이 끊어져 버렸는지 그 이유를 알 거야. 싸울 시간 다 된 것 같은데 슬슬 그쪽으로 가 봐."

"그럼 가 보겠습니다. 친구를 잃지 않을 기회 주셔서 감사해요."

가볍게 인사를 한 후 폐가를 나왔다. 그러곤 뒷산에서 얼마 떨어지지 않는 거리에 위치한 놀이터로 향했다. 아직은 사이가 좋아 보였다. 나는 그들의 대화를 들으려 그들에게 가까이 다가갔다. 그러자 수인이 나를 발견했고 잠시 후 나에게 다가왔다.

"왜 아직도 여기에 있어요?"

"내 맘이야. 조금 더 놀다 가려고."

"근데 왜 하필 여기에요?"

"내 맘이야. 놀이터에 전세 냈냐?"

"그럼 친구랑 중요한 얘기할 거 있으니까 반대편에서 놀면 안 돼요?"

"싫어. 내가 듣는다고 뭐 달라지니? 어차피 같은 시대 사람도 아닌데. 그냥 나 무시하고 할 일 해."

"그럼 진짜 듣지 마요."

수인은 다시 돌아가 과거의 나와 대화를 계속했다.

"어떡하지? 우리 집 망하면?"

"잘 될 거야. 너무 걱정하지 마. 힘든 일 있으면 항상 나한테 말하고."

"나 대학도 졸업 못하면 어떡하지? 환경 탓만 하면서 주저앉아 버리면 나 정말 실망할 것 같은데. 근데 왠지 그게 내 미래일 것 같아."

"그게 무슨 소리야. 네가 얼마나 강하고 밝은 아인데? 넌 넘어지더라도 금방 일어날 거야."

"넌 좋겠다. 이런 걱정 안 해도 되고. 너희 부모님은 돈도 많으시잖아."

"그럼 뭐 해. 집에 들어오지를 않는데. 난 차라리 네가 부러워."

"뭐?"

그때의 내 얼굴은 정말 빠르게 굳어지기 시작했다. '그런 뜻이 아닌데…' 나 홀로 불안해 하며 그들을 지켜보는데 이제야 수인과의 사이가 갈라진 이유를 알게 되었다.

"나는 항상 혼자야. 집에 들어오면 항상 불이 꺼져 있고, 부모님은 돈만 주고 금방 나가 버리고. 밥도 항상 내가 차려서 나 혼자 먹고. 너는 그래도 밥을 함께 먹을 부모님이 있잖아. 난 네가 부러워."

"내가 어리광 부린다고 생각하는 거야? 네가 겪어본 적 없다고 내 고민 가볍게 생각하지 마. 너는 돈에 대한 걱정이 없어서 그런 소리가 나오나 본데, 나는 그 돈 때문에 인생이 망하게 생겼다고."

"갑자기 그게 무슨 소리야? 난 너 어리광부린다고 생각한 적 없어."

"웃기지 마. 넌 내 걱정 이해 못해. 혼자 있는 게 뭐 어때서? 가족이 없는 것도 아니고. 넌 미래가 확실하고 집안도 괜찮아서 돈에 대한 소중함을 몰라."

"너야말로 내 외로움 알지도 못하면서 그딴 식으로 말하지 마. 돈이 뭐 대수라고, 나는 부모님과 여행 간 기억도 별로 없어. 맨날 집에 틀어박혀서 치가 떨리도록 공부만 하고. 알지도 못하면서."

"네가 힘든 건 알겠는데. 난 너 힘든 거까지 얘기 들어줄 겨를이 없어. 너 힘든 거 이제 알게 돼서 너한테 관심이 없었구나 하고 미안한 마음이 들기는 하는데, 너의 외로움보다 내 걱정이 더 크게 느껴져. 그리고 나는 돈에 대한 상처가 많아서 돈 관련된 일이 내 주변으로 다가오기만 해도 눈치를 봐. 힘도 빠지고. 근데 네가 너무 가볍게 생각하는 거 같아서 내가 지금 정말 기분 나쁘거든. 나 먼저 갈게"

20년 전의 나는 터덜터덜 힘이 빠진 채로 놀이터를 벗어났다. 힘없이 걸어가는 나를 보자 지금의 나도 어느새 힘이 빠진 채로 눈시울이 붉어지고 있었다. 살아오면서 이보다 더 큰 상처들을 받아와서 어느 순간부터 이 대화의 내용을 잊고 살았는데 아직까지 상처는 남아있는가 보다. 수인이 외롭다고 말을 털어놓은 건 지금이 처음이자 마지막이다. 그때의 나는 수인의 번호를 지우는 걸로 결론을 냈지만, 조금이나마 수인의 외로움을 아는 지금의 나로서는 이 상황이 그저 안타깝게 느껴졌다.

　　"당신도 내가 실수했다고 생각해요?"

　　"그렇다기보다는 서로 알지 못했던 상처가 많았나 봐."

　　"난 어떻게 해야 할까요?"

　　"조금만 시간을 줘. 어떤 일을 해결하려면 시간이 필요하듯이 감정을 추스르는데도 시간이 필요하거든. 조금은 여유로워질 필요가 있지."

　　"얼마만큼 여유를 부려야 적당한데요?"

　　"20년은 너무 길고 그전에 와. 그럼 반겨줄 수도 있어."

　　"너무 길지 않아요?"

　　"그러게. 너무 길었다. 좀 빨리 오지 그랬니."

　　"내가 20년이 지나서야 찾아왔어요?"

　　"응. 근데 너 난 거 어떻게 알아? 그동안 나 속인 거야?"

　　"얼굴이 하나도 안 변했는데 어떻게 몰라요? 그리고 내가 보기엔 웃어른이시라 존대한 건데. 속인 적은 없죠. 안 물어봤잖아요."

　　"얘보게."

　　"근데 내 상처는 위로 안 해줘요? 나 그쪽한테 상처 많이 받았는데."

"내가 이때는 해결도 못 할 거면서 쓸데없이 걱정이랑 스트레스만 쌓을 때라 너 힘든 걸 못 챙겼네. 미안. 그리고 솔직히 너의 외로움을 모르기도 했고 이 세상에 나만 힘든 줄 착각할 때라 너를 못 살폈어. 이것도 미안해. 혼자서 견디고 해내느라 많이 힘들었을 텐데 잘 자라줘서 고마워."

"막상 이렇게 들으니까 손발이 없어지는 것 같네요. 그래도 고마워요. 그렇게 말해 줘서."

"아니야. 이제야 말해서 미안해. 아, 그리고 너 예지몽 꾸고 귀신 본다고 신들렸나 걱정하고 있으면 안 해도 돼. 나도 그 귀신들 봤거든. 우리 비밀기지 원래 주인분들이래."

"그건 나도 알아요. 그냥 해본 말인데 그걸 또 그대로 믿었어요? 그건 나이를 먹어도 변하지 않는가 봐요?"

"그걸 어떻게 장난으로 받아들여."

"20년이 지나도 욱하는 건 여전하시네. 이제 슬슬 가 봐요. 20년 후에 나랑도 얘기 좀 해야죠. 지금 나랑 했다고 퉁치지 말고."

"그러려고 했거든? 조금 있다가 보자."

"난 20년 뒤에 보는 거라 조금이 아닌데?"

"난 조금이야. 간다."

어린 수인과 헤어지고 나는 다시 폐가로 향했다. 집 안은 여전히 그 가족 귀신이 지키고 있었다.

"잘 풀었어?"

할머니께서 환하게 웃으시며 나를 빤히 쳐다보고 계셨다.

"이제 제대로 풀러 가려고요."

"그래, 그럼 이제 수인이랑 자주 놀러 와"

"네, 할머니."

"이제 밖으로 나가 봐. 밖에 수인이 있을겨."

"건강하세요."

"건강 챙길 몸이 없다, 이것아."

"제가 보기엔 살아 있는 사람이랑 다를 것 없이 때깔이 좋으셔서서 까먹고 있었네요. 살아계실 때 잘 드셨나 봐요."

"나는 타고난 거여."

나는 웃음을 띠며 인사를 했다.

"가 보겠습니다."

대문을 열고 집을 나서자 할머니의 말씀대로 수인이 나를 반기고 있었다.

"솔직히 말해. 너 내 스토커지?"

"스토커를 하기엔 내가 더 나은 것 같은데?"

"그러면 내가 여기 있는 걸 어떻게 알았지?"

"할머니한테서 들었지."

"언제?"

"너랑 연락 안 될 때. 그때 왜 내 전화 안 받았어?"

"몰라. 그때가 질풍노도의 시기였나 보지. 지금은 미안하게 생각해."

"연락 끊은 건 너무했다"

"그러게, 내가 생각해도 좀 너무했네."

"그럼 네가 직접 나 찾아오지 그랬냐?"

"찾을 방법이 있어야지. 2004년도부터 010 통합번호 제도가 생겨서 애들 번호 다 바뀌었잖아. 너 대학 입학할 때 이사도 가고.”

“그럼 6년이 지나서야 나랑 연락할 마음이 생겼다는 거야? 너무 한다.”

“6년간 돈 버느라 정신이 없어서 연락할 생각도 못 했지. 갑자기 내가 한 가정을 먹여 살려야 하는 가장이 됐는데. 그래도 최대한 빨리한 거야. 그럼 너는 내가 20년은 늦으니까 그보다 더 빨리 오랬잖아. 왜 안 왔어?”

“너도 이사 갔잖아. 네 집 찾아갔는데 처음 보는 여자가 나와서 얼마나 놀랐는데.”

“일 때문에 며칠 비운 건데. 넌 타이밍 지지리도 못 맞춘다. 하필 그때 오냐?”

“그럼 그 여자는 누군데?”

“내 친구.”

“아… 넌 타이밍 지지리도 못 맞춰서 하필 그때 출장을 가냐?”

“내가 정했냐? 내 상사가 정했지. 아, 동창회 할 때 네가 내 번호 알려줬다던데? 어떻게 알았어?”

“번호 알려준 적 없는데? ‘하희는 무언가에 익숙해지면 잘 안 바꾸니까 010만 바꿔서 연락해 봐’라고만 말했는데.”

“근데 왜 연락 안 했어?”

“계속 그 생각을 못 하고 있다가 전화하다가 생각난 거라. 너랑 연락 닿았다고 하길래 이번에 동창회 나갔던 건데. 감동이지 않니?”

“뭐가?”

“아니면 말고.”

"너 의사 그만둘 때 겁 안 났어?"

"겁이야 당연히 났지. 근데 내 삶이 너무 불행한 것 같아서 못하겠더라고. 환자를 살리지 못했다는 죄책감과 잠도 제대로 못 자고 환자를 보면서 생기는 스트레스랑 피로감 때문에 그만둬버렸지. 왜 회사 그만두려고?"

"너 내 꿈 뭐였는지 기억나?"

"넌 하도 꿈이 많아서 기억도 잘 안 난다."

"프리랜서나 권력을 쥘 수 있는 직업들이었지. 나는 학생 때는 몰랐는데, 내가 회사에 들어가서 현장에서 뛰고 상사 명령에 따라 일을 수행하니까 알겠더라고. 난 누구 밑에서 일하는 게 내 적성에 안 맞아. 내가 위에 있어야 해. 그래야 내가 행복할 수 있는 길인 거지. 나는 무심결에 알았던 거야. 그래서 대학도 경영학과로 간 거지."

"그러냐? 그럼 어느 쪽에서 종사하려고?"

"내 낙 중에 하나가 옷이거든. 요즘 인터넷 쇼핑 뜨고 있잖아. 그쪽으로 돈을 벌까 생각 중이야."

"회사는 관두려고?"

"상황 보면서 그만둬야지. 생각 없이 그만두면 내 인생만 망하는 거 아니겠니?"

"내가 도울 만한 게 있으면 나도 도울게."

"그럼 감사하지요."

수인은 미소 속에서 한층 더 눈빛의 반짝임이 더해졌다. 어쩌면 나의 눈빛이 반짝이기 시작해 그동안 보지 못했던 수인의 반짝임을 보기 시작한 것일 수도 있지만 아무렴 어떤가. 나는 가슴속 무언가가 끓기 시작했음을 느끼기 시작했다.

시간과 기억 사이에

—— 유정현

나른한 숨소리와 함께 시곗바늘이 돌아간다.

'째깍, 째깍-.'

바늘이 8시를 가리키자 시계 소리로 퍼져 있던 방 안이 노랫소리로 퍼지면서 김창민을 깨웠다. 잠에서 덜 깬 눈으로 살며시 휴대전화를 본 그는 오 형사에게서 온 부재중 8통을 확인했다.

김창민은 그에게서 무슨 일이 있나 싶었지만, 시간을 확인하고 나서야 자신이 회의에 늦었단 것을 알아차렸다. 서둘러 준비를 하려고 하자, 잠이 덜 깬 그는 몸이 바닥으로 자빠지고 말았다. 바닥을 짚고 일어서자, 오 형사에게서 온 전화벨 소리가 울렸다.

"형사님, 왜 이렇게 안 오시는 거예요? 오늘 회의 있는 건 알고 계시죠?"

"당연히 알고 있지. 설마 내가 잊었겠어? 걱정하지 마."

김창민은 자신이 또 회의에 늦으면 오 형사가 상습범이라고 판단할 것 같아 그에게 의심치 않게 하려 거짓말을 했다.

"사실 지금 가고 있는데 차가 좀 막히네? 그래도 최대한 빨리 갈테니까 팀장님껜 네가 잘 얘기해 줘."

오 형사와 전화를 끝낸 김창민은 헝클어진 머리를 정리하며 서둘러 준비를 마쳤다. 덜 펴진 쭈글쭈글한 셔츠, 바지는 그의 상황을 설명해 주었다. 사진 속 가족들을 보고 흐뭇해 하며 빠뜨린 것이 없는지 확인했다.

"아, 맞다. 손목시계."

매일 잊지 않고 아내가 선물해 준 손목시계를 챙긴 김창민은 넥타이를 정리하며 주차장으로 달렸다.

주차장에 도착한 그는 손목에 찬 시계를 보며 차에 올랐다. 시동을 걸자 주머니에서 따르릉, 벨 소리가 들려왔다. 휴대전화를 꺼낸 그는 아내에게서 온 전화를 보고 마냥 어린아이를 보는 듯한 미소를 지으며 전화를 받았다.

"여보세요?"

"다름이 아니라 밖에 비 내리니까 운전 조심하라고."

"고마워."

전화를 끊으려던 참에 아내의 따뜻한 한마디가 살며시 들려왔다.

"사랑해."

'사랑해'라는 아내의 말에 설렘 가득한 미소를 지은 김창민은 축 처져 있던 몸을 일으킨 뒤, 차를 몰고 오피스텔에서 나왔다. 밖을 나오자 아내의 말처럼 소나기가 쏟아져 내리고 있었다.

* * *

8:00 AM

계단 올라가는 요란한 소리가 집안 모든 사람을 깨웠다.

"도련님, 빨리 오세요. 늦겠어요."

나갈 준비를 마친 김도환은 비서가 준비해놓은 차를 타고 당일 스케줄을 들었다.

"일정을 말씀드리겠습니다. 오늘 결혼식은 9시부터 시작하여 11시에 마칠 예정입니다. 마치는 대로 여러 기업과 회의가 있을 예정이고 강석현 의원님과의 점심 약속이 있겠습니다."

비서는 일정을 알려주고 차를 몰았다.

빗길을 이동하던 김도환은 뒤차에서 들려오는 클랙슨 소리에 민감해져 비서에게 화를 냈다.

"운전 똑바로 못해? 뒤에서 빵빵거리잖아!"

그의 성난 목소리에 비서는 놀라 몸을 움찔거렸고 핸들을 잘못 돌리는 바람에 옆 차와 부딪히는 큰 사고가 일어날 뻔했다. 소리에 신경이 가 있던 그는 비서가 다시 일을 일으키자 더욱더 화가 났다.

"멈춰."

비서는 차를 세우고, 내리는 김도환을 따라 차 문을 열었다. 바로 그의 앞으로 가 고개를 숙이며 용서를 구하려 했지만, 화가 끝까지 난 김도환은 아무 말 없이 비서의 명치를 향해 세차게 찼다.

"넌 해고야."

비서는 자신의 명치를 잡은 채 주저앉아버렸다. 끙끙 앓고 있는 비서를 못 본체하며 차를 탔다. 차에 탄 김도환은 창밖으로 고개를 돌리자 어느새 일어나 비를 맞으며 고개를 숙이고 있는 비서를 보았다. 비서와 눈이 마주치자 그는 다시 화가 치밀어 올라 고개를 돌리고 출발했다.

8:40 AM

비는 계속해서 내렸고 앞을 가리는 빗방울들이 그의 신경을 건드렸다.

"제발, 좀!"

그는 핸들을 치며 화를 냈다.

"젠장, 늦겠네."

신호를 기다리고 있던 그는 신호가 바뀌자 급한 마음에 액셀을 밟았다.

그 순간, 옆 차선에서 오던 차량을 보지 못해 충돌하는 사고가 일어났다.

거칠게 쏟아지던 빗소리가 점차 작아지고 그는 시야가 흐려지는 것을 느끼며 눈을 감았다.

* * *

비가 내려 보이지 않는 도로를 운전하는 김창민은 급한 마음에 속도를 올렸다.

'가고 있는 차도 없는데 괜찮겠지?'

김창민은 시간이 얼마나 지났는지 손목시계를 보았다. 시곗바늘이 9시를 가리키고 있었다. 회의 시간은 이미 지나버렸고 그는 회의가 끝났을 거란 생각을 하게 되자 마음이 더 조급해져만 갔다. 할 수 없이 오 형사에게 전화를 걸었다.

"어, 오 형사 나⋯."

오 형사는 김창민이 말을 꺼내기도 전에 잘랐다.

"김 형사님, 어떻게 그러실 수 있어요? 회의에 늦는 게 한두 번도 아니고. 형사님께서 안 오셔서 지금 팀장님 화 많이 났습니다. 뒷이야기는 이따 팀장님과 얘기하세요. 이만 끊겠습니다."

"잠시만, 오 형사!"

김창민은 오 형사에게 미안한 마음에 더 늦기 전에 도착하려고 다시 속도를 올렸다. 차를 돌리려는 순간, 빗물에 차가 미끄러져 옆 차와 부딪히는 충돌 사고가 일어났다.

얼마나 시간이 흘렀을까, 소란스러운 소리가 들리면서 커져 오는 사이렌 소리가 김창민의 귓가에 울렸다.

감겨 있던 눈이 떠지며 창밖의 상황을 본 그는 사고가 나기 전 상황을 떠올렸다. 몸을 일으켜 세우려 했으나 풀려버린 몸은 힘이 들지 않아 움직이기가 힘들었다.

김창민은 다시 창밖을 향해 눈을 감았다.

9:15 AM

김도환과 김창민은 S대 병원으로 이송되었다.

"최 간호사, 저기 있는 김도환 환자와 김창민 환자를 병실에 옮겨주게. 김도환 환자는 108호실, 김창민 환자는 201호실로."

의사의 말을 들은 간호사는 의사가 가리킨 침대로 향했다. 김도환이 누워 있는 침대로 간 최 간호사는 옆에 누워 있는 김창민을 보고 서로 닮아 있는 모습에 놀라 두 사람 사이에 서서 어쩔 줄 몰랐다. 체

크리스트를 본 간호사는 얼굴과 이름을 확인하고 나서야 두 사람을
병실로 옮겼다.

　　그때는 무엇이 잘못되었는지 아무도 몰랐다.

＊ ＊ ＊

11:00 AM

　　침대 옆 서랍 위에서 울리는 휴대 전화벨 소리에 김창민은 깨어났
다. 눈을 뜬 그는 자리에서 몸을 일으켜 세웠다.

　　"아, 이건….”

　　자신의 손에 꽂혀 있는 링거를 보고 그는 어제의 사고를 기억했다.

　　"아, 맞다. 사고….”

　　따르릉, 벨 소리가 김창민을 재촉하듯 계속해서 울리자 기억을 하
다 말고 소리가 나는 쪽으로 고개를 돌렸다. 서랍 위에 놓여 있는 휴대
전화를 손에 쥔 그는 저장되어 있지 않는 번호를 보고서 어리둥절했다.

　　'누구지?'

　　번호를 보고 김창민은 잠시 생각을 하다 문득 자신이 회의에 늦
었다는 것을 떠올렸고 팀장님일 것이라는 생각에 식은땀을 흘렸다.

　　"너 이때 동안 안 오고 어디 있었던 게냐!”

　　휴대전화 너머로 들려오는 우렁찬 목소리는 김창민을 당황하게
했다.

　　"네, 네네? 아, 저….”

전화를 건 사람은 자신이 아는 팀장의 목소리가 아니었다. 김창민은 자신이 이 핸드폰의 주인이 아니라는 것을 밝히려고 했지만, 들려오는 그의 목소리에 아무 말 하지 못했다.

"되도록 스케줄은 까먹지 말고, 지금 당장 오너라."

그는 마지막으로 늦지 말라는 말을 하고서 전화를 끊었다.

바로 전화를 끊어버린 바람에 김창민은 하려던 말을 하지 못하고 휴대전화를 놓았다.

병실 문이 열리고 간호사가 들어와서 김창민의 상태를 살폈다.

"김도환 환자분, 몸은 좀 어떠세요?"

"…."

김창민의 맥 빠진 얼굴을 본 간호사는 가까이 다가갔다.

"어제 일이 기억 안 나시나요? 어제 도로에서 미끄러져 사고가 일어났었어요."

방금 일어나 몽롱한 상태인 김창민은 간호사가 자신을 다른 사람으로 착각한 것도 모른 채 대답했다.

"네, 기억납니다만…."

"그럼 조금 이따 의사 선생님 불러드릴게요."

간호사가 나간 뒤 몇 분이 지나지 않아 문이 열리며 의사가 들어왔다. 그는 김창민에게 다가가 체크리스트를 열어 훑어보고 나서 말했다.

"별로 다치신 데는 없으니 오늘 퇴원하셔도 될 듯합니다."

의사는 김창민의 상태를 설명하고는 병실 문을 열고서 나갔다.

의사가 나가고 김창민은 자신이 입고 있던 환자복을 갈아입으려 쇼핑백을 뒤지고 있을 때, 서랍 위에 놓아둔 휴대전화가 김창민의 눈길에 들어왔다. 역정을 내며 오라고 했던 그의 말이 떠올라 김창민은 그에게 전화를 걸어보기로 했다.

"여보세요?"

그는 전화를 받았고 긴장한 김창민은 목소리가 떨렸다.

"저…, 어디로 가면 되죠?"

"원래 오는 곳으로 오면 된다. 근데, 너 어제 무슨 일 있던 게냐?"

"아, 어제 사고가 난 바람에 기억이 없는 것 같습니다."

"사고? 무슨 사고? 아니다. 일단 와서 얘기하거라. 비서가 데리러 갈 거니까 병원 이름 말하고."

'비서? 비서가 있다는 걸 보면 꽤 부잣집일 텐데.'

전화가 끊기자 비서에게서 전화가 왔다. 김창민은 마른 입안을 물로 헹구고 나서 곧바로 전화를 받았다.

"김도환 도련님, 호실이 어떻게 됩니까?"

"아, 제가 내려갈게요."

비서는 전과 다른 말투에 김창민을 의심쩍게 느껴졌지만 더는 말을 하지 않았다. 병원 밖으로 나온 김창민을 태우고 출발을 했다.

"김도환 도련님, 몸은 괜찮으십니까?"

'도련님? 나 말하는 건가? 어떻게 된 거지.'

혼자 다른 생각을 하고 있던 김창민은 비서의 말을 듣지도 않은 채 창밖만 보고 있었다.

김창민의 묵묵부답에 비서는 더 말하려 하지 않았다.

7:00 PM

도착한 곳은 큰 대문과 넓은 마당이 있는 저택이었다. 비서는 차에서 내려 김창민이 내릴 수 있도록 문을 열어주었다.

비서의 도움으로 차에서 내린 김창민은 큰 건물을 보고선 입이 벌려졌고 비서를 보며 여기가 어디냐고 물었다.

"여기는 도련님의 저택이십니다."

'여기가….'

비서가 대문을 열어주고 고개를 숙이자 김창민 또한 고개를 숙이고 들어갔다. 그러한 그의 행동을 본 비서는 의아해 하며 뒤따라갔다. 안으로 들어가자 커다란 저택이 김창민의 시선을 사로잡았다. 저택 주변을 둘러보다 넓은 마당에서 골프를 치고 있는 50대 중반 남성이 보였다.

그는 대문 앞에 멀뚱히 서 있는 김창민을 보았는지 오라는 손짓을 보냈고 그에게로 발걸음을 옮겼다. 뒤따라 비서가 옆에 서자 그는 골프채를 건네주고선 말없이 저택으로 향했다. 김창민은 그가 가는 곳으로 따라가며 주위를 살폈다.

큰 나무와 자그마한 식물들 그리고 넓은 수영장이 김창민의 눈에 들어왔고 그는 이 상황이 놀라워 꿈을 꾸는 것만 같았다.

"오셨어요?"

그를 따라 들어가자 앞치마를 두른 채 나오는 여성의 한 마디에 김창민은 놀라 뒷걸음질을 쳤다.

당황한 김창민은 그녀가 자신의 모습을 보지 않았을까 하는 마음에 걱정했지만, 그녀는 커피를 가져다드리겠다는 말과 함께 인사를 하고는 다시 들어갈 뿐이었다. 김창민은 그녀의 뒷모습을 바라보며 그녀가 이 저택의 가정부일 것으로 생각했다.

"빨리 오거라."

김창민은 그가 향하는 방을 따라 들어갔다.

방 안에 들어서자 안에는 바닥에서 천장까지 이어진 책장이 하나가 아닌 여러 개가 마치 도서관 같은 느낌을 주었다.

그는 방 안을 두리번거리고 있던 김창민을 바라보다 자신의 맞은편에 있는 의자를 가리키며 말했다.

"뭘 그렇게 가만히 서 있는 거야. 여기에 앉아봐라."

김창민은 그가 가리키는 의자에 앉았고 이어지는 그의 말에 전화했을 때의 긴장감이 돌이켜 다시 생겨났다. 그는 전화할 때와 다른 차분한 어조로 말을 이었다.

"무슨 일이 있었길래 강 비서 혼자 회사로 오게 한 거야?"

도저히 알 수 없는 그의 질문에 김창민은 입을 다문 채 고개를 숙이고만 있었다.

그가 김창민을 향하여 다시 말하려 하자 노크 소리가 그의 말을 잘라버렸다.

"들어가도 될까요?"

여성의 가녀린 목소리가 들려왔다.

조심스레 문을 열고 들어온 그녀는 아까 보았던 가정부였다. 그녀는 커피를 테이블에 놓은 뒤 인사를 하고 나갔다.

그는 커피를 한 모금 마시고 다시 말을 꺼내려 했지만, 전화벨 소리가 둘의 대화를 방해했다. 자리에서 일어난 그는 전화를 받으며 김창민에게 나가보라는 말 대신 손짓으로 표했다. 그는 커피를 한 모금 마시고 자리에서 일어나 서둘러 방에서 나왔다.

김창민은 시간을 확인하려고 팔을 들었지만, 손목에는 시계가 차 있지 않았다. 주머니를 뒤져봐도 시계는 나오지 않았다. 혹시나 하는 마음에 병원으로 다시 가보기로 했다.

* * *

점점 커지는 발소리와 아이 우는 소리 그리고 '삐-삐-' 거리는 기계 소리가 섞여 병원 안을 뒤덮였다. 소리가 시끄러웠는지 김도환은 누워 있던 자리에서 눈을 떴다. 자리에서 일어난 그는 주변을 둘러보다 지나가던 간호사와 눈이 마주쳤다. 자신에게 다가오며 말을 건네는 간호사를 빤히 쳐다보았다.

"김창민 환자분 깨어나셨네요. 몸은 좀 어때요? 괜찮아요?"

어리둥절한 표정으로 되물었다.

"어…, 저 혹시 여기가 어디죠?"

"어제 일 기억 안 나시나 봐요, 환자분. 충격으로 그럴 수도 있으니 시간이 지난 후 기억이 되돌아올 테니까 걱정하지 마세요."

"아, 근데 정말 기억이 없어서 그런데 제 이름이 김창민인가요?"

간호사는 친절히 침대에 걸려 있는 환자 이름을 가리키며 말했다.

"네, 맞아요. 여기 김창민이라고 적혀 있죠?"

머리를 긁적이며 간호사가 가리킨 종이를 보았다. 종이에는 환자의 이름과 호실 번호가 적혀져 있었다. 김창민에게 인사를 하고 병실을 나가려고 하던 간호사는 뭔가 생각난 듯 다시 뒤돌았다.

"참, 짐은 밑에 쇼핑백에 들어있고요. 그리고, 아! 손목시계가 깨져 있던데 돌아가긴…, 저기 서랍 위에 있어요!"

간호사는 짐을 가리키며 알려주고 할 일을 끝내듯 병실을 나갔다.

김도환은 간호사가 가리킨 쇼핑백의 위치를 확인하며 서랍 위에 놓인 손목시계를 보았다. 손목시계는 오래된 것처럼 보였지만 유리 부분이 깨진 것 말고는 흠집 하나 없었다. 머리가 깨질 듯한 통증에 김도환은 시계를 다시 제자리에 두고 자리에 누웠다.

누워 있는 것이 답답했는지 다시 일어나 병실 문을 열었다. 소란스레 뛰어다니는 아이들과 부딪힐 뻔한 김도환은 아이들을 향해 소리치며 말했다.

"얘들아, 뛰면 다쳐!"

아이들은 들은 체하지 않고 자기들끼리 시시덕거리곤 사라졌다. 뒤에서 보고 있던 간호사가 김도환에게 다가와 웃으며 말했다.

"아이들이 좀 시끄럽긴 하죠? 그래도 어쩌겠어요. 저 때는 뛰어놀아야죠."

"그렇죠."

김도환은 간호사에게 미소를 지으며 복도를 지나갔다.

* * *

8:10 PM

병원에 도착한 김창민은 자신이 있었던 병실에 들어갔다. 침대를 들추고 서랍을 열어봐도 손목시계는 보이지 않았다. 뭔가 이상하다고 느낀 김창민은 간호사가 앉아 있는 접수대로 향했다. 헐떡거리는 숨을 참아가며 애써 침착하게 시계 모양을 설명했다.

"저기 혹시 제 손목에서 시계 못 보셨나요?"

간호사는 본 적이 없단 듯이 고개를 저었다.

시계를 찾지 못한 김창민은 무거워진 발걸음을 옮기며 오피스텔로 돌아가려 할 때 자신의 시계와 비슷해 보이는 것을 발견했다. 서둘러 시계가 보이는 쪽으로 달려갔지만, 자신의 시계와 다르단 것을 확인하자 실망한 마음에 다시 발걸음을 돌렸다.

터덜터덜한 발걸음으로 병원을 나가려던 김창민은 앞에서 오던 사람과 부딪혀 넘어졌다. 일이 제대로 풀리지 않는다고 생각한 그는 답답하다는 듯이 한숨을 내쉬었다.

옷을 털며 일어서고 자신과 부딪힌 사람을 보며 사과를 하려던 순간, 자신과 닮아 있는 모습에 몸이 굳어졌다. 사과하려고 했지만, 입이 떨어지지 않았다. 결국, 김창민은 아무 말도 하지 못하고 그를 바라보고만 서 있었다.

그가 옷을 털며 일어서려 하자 김창민은 놀라 뒤를 돌았다. 일어난 그는 김창민의 어깨에 손을 얹었다. 그의 손이 자신의 어깨에 닿자 소스라치게 놀라 급히 사과했다.

"죄송합니다!"

그는 자신을 등진 채 사과를 하는 김창민의 행동이 마음에 들지 않았는지 화를 냈다.

"아니, 그게 사과라고 하는 거예요?"

김창민은 손으로 얼굴을 가리고 어떤 말을 해야 할지 고민했다.

"죄송합니다! 어…, 제 얼굴이 흉측하게 생겨서 말이죠."

그는 어이없어하며 웃고는 한숨을 내쉬며 그의 어깨에서 손을 놓았다.

"그래요. 가 봐요."

그의 발소리가 점점 멀어지는 것을 느낀 김창민은 뒤를 돌아 그가 갔는지 확인하고 나서야 발걸음을 옮겼다.

예상치 못한 상황에 놀란 김창민은 화장실로 향했다. 볼일을 보고 나와 거울을 보고 자신의 얼굴을 만지며 그의 얼굴을 떠올렸다.

화장실에서 나와 다시 병원을 나가려 할 때 간호사가 자신을 부르는 소리가 들렸다. 소리가 나는 쪽으로 고개를 돌렸지만, 간호사는 자신이 아닌 다른 사람을 향해 말하고 있었다. 김창민은 동명이인으로 생각하고 지나치려 했으나 간호사 뒤에서 보이는 얼굴이 아까 마주친 사람인 것을 보았다. 자세히 보기 위해 조금씩 다가가자 자신과 닮은 사람이라는 것을 한눈에 알아보았고 눈이 마주치지 않을까 하는 마음에 재빨리 뒤를 돌아 병원을 나섰다.

머릿속이 복잡해진 그는 병원에서 나와 정신을 차리고 조금씩 정리를 해나갔다.

'뭐지, 어떻게 된 거야? 병실이 바뀐 거였어? 그럼 그 사람이 김도환이란 말이야? 이럴 수가! 근데 그 사람은 기억이 없는 건가…, 아! 그럼 혹시 내 시계가?'

자신과 병실이 바뀌었다는 것을 한순간에 알아차린 김창민은 문득 시계 생각에 다시 병원으로 돌아가 김도환의 병실로 가 보기로 했다.

10:00 PM

병원으로 다시 돌아간 김창민은 바로 보이는 접수대로 찾아갔다.

병원 안 복도 몇 군데에는 불이 꺼져 있었고 돌아다니는 환자는 보이지 않았다. 환하게 켜져 있는 데스크에서는 간호사 혼자 정신없이 바쁘게 업무를 보고 있었다.

그는 얼굴이 보일까 봐 모자를 눌러쓰고 간호사에게 다가갔다.

"저기, 김도…. 아니, 김창민 환자 호실 좀 알 수 있을까요?"

정신없이 일하고 있던 간호사는 상대를 확인하지 않고 컴퓨터 화면에만 집중한 채 김도환의 호실을 알려 주었다.

"201호실로 가시면 됩니다."

호실을 확인한 김창민은 그의 병실로 향했다.

조용한 복도는 깜깜했고 사람 한 명도 지나가지 않았다.

복도를 걷다 201호실에 도착하려 할 때 병실 문이 열리는 것을 보고 김창민은 흠칫 놀라 옆 병실의 문으로 몸을 돌렸다. 모자를 눌러쓰고 고개를 숙이고는 뒤에서 들려오는 발소리를 들으며 침을 삼켰다. 발소리가 점점 멀어지고 김창민은 자신의 뒤를 지나간 사람을 확인하려고 고개를 돌렸다. 어두워 잘 보이진 않았지만, 김창민은 그가 김도환일 것으로 생각했다.

201호실 앞에 선 김창민은 살며시 문을 열어 안을 살폈다. 깜깜한 병실 안 창문 너머로 들어오는 불빛이 침대를 비추었다. 비어 있는 침대를 보고 사람이 없단 것을 확인한 김창민은 병실 안으로 살며시 들어갔다. 침대에는 이불이 널브러져 있었고 아래에는 자신의 짐이 든 쇼핑백이 있었다.

쇼핑백을 뒤지려 했지만, 서랍 위 시계처럼 보이는 물체가 눈에 들어왔다. 쇼핑백을 손에서 놓고 서랍 쪽으로 고개를 돌린 김창민은 자세히 보이지 않는 서랍을 휴대전화의 빛으로 비추었다. 서랍 위에는 갑티슈와 물이 얹어져 있었고 그 옆 조그마한 상자 위에 시계가 놓여 있었다. 자신의 시계인 것을 한번에 알아본 그는 시계를 손목에 채우고서야 안도의 숨을 내쉬고 병실에서 나왔다.

* * *

해가 창문 너머로 환하게 비추었다. 햇빛은 김도환의 눈을 찡그리게 했고 그는 얼굴을 찡그린 채 빛을 피하려 몸을 돌렸다. 다시 자려다 문이 열리며 들어오는 간호사의 발소리에 눈을 반쯤 뜬 상태에서 그녀를 보았다. 간호사는 체크리스트를 넘기며 김도환의 몸 상태를 점검하고 있었다. 자리에서 일어나 기지개를 켜고 간호사를 보며 말했다.

"오늘 퇴원하나요?"

"그럼요, 김창민 환자분. 혹시 불편한 건 없으세요?"그는 할 말이 있는 듯한 표정으로 간호사를 쳐다보았다.

"무슨 할 말이라도 있나요?"

그는 주머니에서 종이를 꺼내 조심스레 건네주며 간호사를 보며 말했다.

"이거 집 주소인데….."

간호사는 김도환의 말을 이해한 듯 고개를 끄덕였다.

"음, 집을 모른다는 말씀이시죠?"

그녀의 질문에 고개를 끄덕이기만 할 뿐 아무 대꾸도 하지 않았다.

"이리 줘 봐요."

간호사는 자신이 데려다줄 수 없는 처지라는 것을 알지만 서도 김도환이 건네준 지도를 보려 했다. 지도를 보며 머리를 긁적이다 무언가 생각난 듯 고개를 들었다.

"핸드폰 줘 보세요."

"그게….'"

환자복 주머니 안에 없는 것을 확인하고 쇼핑백을 뒤지다 재킷 주머니에서 휴대전화를 꺼냈다.

"아, 여기요."

휴대전화를 받은 간호사는 부재중 8통을 확인하고서 놀란 듯 커진 눈으로 김도환을 바라보았다.

"부재중이 8통이나 와 있는데 알고 계셨어요?"

"네?"

처음 보는 휴대전화를 손에 쥔 김도환은 오 형사라고 저장되어 있는 부재중 3통과 아내에게서 온 부재중 5통을 확인했다.

'오 형사? 아내?'

간호사는 휴대전화를 멀뚱히 보고 있는 김도환을 향해 조심스레 말했다.

"그쪽으로 전화해 보시는 게 어떨까 하는데요."

"아, 네. 감사합니다."

김도환은 휴대전화에서 눈을 떼지 못한 채 서 있었다.

"그럼, 도움이 필요하실 때 불러주세요."

간호사는 김도환에게 인사를 건넨 뒤 병실을 나갔다.

그녀가 나간 뒤에도 그는 휴대전화를 눈에서 떼지 않았고 오 형사와 아내에게서 온 부재중을 보며 깊은 고민에 빠졌다.

'이 사람이 누군지도 모르는데 어떻게 전화를 해'

김도환은 포기한 듯 서랍 위에 두려고 할 때 전화벨 소리가 울렸다. 울리는 휴대전화를 어찌할 바를 모르고 서랍 위에 놓았다. 전화벨 소리가 끊기자 안심하고 쇼핑백에서 옷을 꺼냈다.

옷을 갈아입고 병실 문을 열고 나가려는 김도환은 빠진 것이 없는지 확인하면서 서랍 위에 놓인 휴대전화가 눈에 들어왔다. 그는 문 앞에 선 채로 휴대전화를 어떻게 할 건지 고민하다 주머니에 넣었다.

병실 문을 닫았을 때 주머니 안에 있는 휴대전화가 울렸다. 잔뜩 긴장한 김도환은 주머니에서 휴대전화를 꺼내 계속해서 울리는 휴대전화를 생각할 새도 없이 받았다.

"김 형사님!"

전화를 받은 김도환은 김 형사라고 부르는 소리에 깜짝 놀라 휴대전화를 귀에서 뗐다. 한참 뒤에야 그가 오 형사라는 것을 알아차렸다.

"여보세요? 형사님?"

김도환은 당황한 기색이 역력했고 얼어붙은 입은 말이 나오지 않았다. 오 형사는 말이 없는 그를 불안한 듯 계속해서 불렀다. 그는 떨어지지 않는 입을 억지로 떼내려 했다.

"오…, 오 형사?"

어렵게 한 마디를 꺼낸 그는 긴장한 탓인지 목소리가 떨려있었다. 오 형사는 안도의 숨을 내쉬고 말했다.

"네. 형사님, 무슨 일 있으시죠?"

"어, 네."

자신에게 대하는 말투가 전과 다르다는 것이 의심스러웠던 오 형사는 자신이 아는 김창민이 맞는지 확인하려 했다.

"혹시 김창민 형사님 맞으시죠?"

김도환은 빨리 기억을 하려 했지만, 도저히 기억이 나지 않았다.

"네…, 제가 사고 때문에 기억이 없어서 그러는데 혹시, 제가 형사인가요?"

"그런 일이 있었습니까? 네, 맞습니다. 형사님. 그럼, 여기로 오실 수 있으십니까?"

정적이 흐르자 오 형사는 자신이 데리러 가겠다며 병원 위치를 물었다. 김도환은 전화를 끊고 휴대전화를 다시 재킷 주머니 안에 넣고 병실 안에서 나왔다.

병실에서 나온 그는 간호사에게 감사 인사를 하고 복도를 지나 병원 밖으로 나갔다.

10:00 AM

병원에서 나온 김도환은 병원 앞 주차장에서 시계를 보며 누군가를 기다리는 듯한 남자를 보았다. 그는 김도환과 눈이 마주치자 손을 흔들며 불렀다.

"김 형사님! 여기요!"

김도환은 그가 오 형사인 것을 확인하고 나서야 그에게 다가갔다. 그에게 가자 그는 김도환을 걱정하며 말했다.

"형사님, 얼마나 걱정했는지 아십니까? 사모님은 얼마나 걱정 많이 하셨는지 경찰서까지 오셔서 울고 가셨습니다. 전화는 드렸어요?"

"그게…."

"아, 맞다. 사고 나셨다고 하셨죠. 일단 차에 타세요."

오 형사는 김도환이 차를 탈 수 있도록 문을 열어주었다. 차에 탄 두 사람은 바로 경찰서로 출발했다. 경찰서에 도착한 김도환은 어리둥절 해하며 주변을 둘러보다 오 형사를 보았다.

"오 형사라고 부르면 되나요?"

"네, 김 형사님. 제 이름은 오현민이라고 합니다. 평소대로 오 형사라고 불러주시면 돼요."

김도환은 오 형사가 준 명함을 받고 그가 향하는 데로 따라 들어갔다. 경찰서 안은 아침인데도 소란스레 전화가 울렸고 형사들이 바삐 돌아다녔다.

"김 형사님, 잠시 팀장님께 얘기 드리고 오겠습니다. 여기 잠깐 앉아 계세요."

오 형사는 자리를 가리키곤 돌아서 맨 끝에 있는 자리로 걸어갔다. 누구와 대화를 하고 있는지는 보이지 않았지만 오 형사가 말한 팀장님이라고 생각하며 김도환은 커피를 마셨다. 커피를 다 마셔갈 즈음 덩치가 큰 남성과 오 형사가 자신에게 다가왔다.

"김 형사님, 이분이 팀장님이십니다."

김도환은 자리에서 일어나 그에게 인사를 했다. 그는 김도환이 앉아 있던 자리에 앉아 말을 이어나갔다.

"그래. 사고를 당했다고?"

"네."

"그래서 기억이 없는 거고?"

"네."

"그럼, 네가 누구인지도 모른다는 거야?"

"네…, 간호사분이 저를 불렀을 때….."

팀장은 김도환이 말을 다 하기도 전에 일어서 오 형사에게 할 말이 있다는 눈빛을 주고는 경찰서 안을 나갔다.

"김 형사님, 잠시 기다려주세요."

오 형사는 팀장님을 뒤따라 나가며 김도환을 바라보았다. 김도환은 그가 나간 것을 확인하고 다시 자리에 앉았다. 몇 시간이 지났을까 팀장이 들어와 김도환을 보고 혀를 차며 지나갔고 뒤따라 들어오던 오 형사는 고개를 숙인 채 김도환에게 다가갔다.

"저기 김 형사님…, 팀장님께서 이제 안 오셔도 된답니다."

김도환은 오 형사의 말이 이해가 가지 않았는지 자리에서 일어나 고개를 숙이고 있는 오 형사와 눈을 마주치려 했다.

"무슨 말씀이세요?"

오 형사는 고개를 돌려 자리에 앉은 팀장님을 슬쩍 보고는 김도환을 바라보았다.

"그게, 팀장님께서 김 형사님 기억이 복귀될 때까지 쉬라고 하시네요."

오 형사의 말을 이해한 김도환은 짐을 챙겨 나가려 했다. 그는 밖으로 나가려는 김도환을 잡으며 말했다.

"아, 형사님. 집에 가시려는 겁니까? 어떻게 가는지 아십니까?"

김도환은 그의 말을 듣고서 자신이 기억을 잃었다는 것을 알아차렸다.

"아, 그렇네요."

오 형사는 김도환과 많은 얘기를 나누며 차를 몰았다.

* * *

해가 떴는지도 모르고 잠을 자는 김창민은 10시가 넘어서야 잠에서 깨어났다. 기지개를 켜고 시간을 확인한 그는 허둥지둥 자리에서 일어났다. 휴대전화를 꺼내 오 형사에게 전화를 걸려고 했지만 자신의 휴대전화가 아니란 것을 알아차리고 손에서 놓았다.

"출근해야 하는데 어쩌지."

김창민은 서둘러 바닥에 떨어져 있는 셔츠와 바지 그리고 넥타이를 주워 갈아입었다. 준비를 마치고 지긋지긋한 팀장의 잔소리를 들을 생각에 한숨밖에 나오지 않았다.

오피스텔에서 나온 그는 택시를 타고 경찰서로 출발했다.

11:00 AM

도착한 김창민은 택시에서 내리자마자 경찰서를 향해 허겁지겁 뛰어 들어갔다. 안으로 들어간 김창민은 팀장님의 자리로 가 인사를 했다.

"늦어서 죄송합니다. 제가 사고가 난 바람에…."

가득 쌓여 있는 서류를 보고 있던 그는 고개를 돌려 김창민을 이상한 눈빛으로 쳐다보았다.

"그래, 사고가 나서 기억이 없다고 했지 않았나? 오 형사한테 얘기 못 들은 건가?"

김창민은 이해가 되지 않는 팀장님의 말에 고개를 들었다.

"네? 기억을 잃어요?"

"진짜 심하게 다쳤구나. 그러니까 네가 기억을 잃었으니까 안 와도 된다고."

팀장님의 말을 도저히 알아들을 수 없었던 김창민은 다시 물어보려 했지만, 그는 열려던 입을 다물고 경찰서에서 나왔다.

'내가 기억을 잃어? 왜? 그리고 오 형사가 했던 얘기는 뭔데?'

김창민은 이해할 수 없는 팀장님의 말을 되뇌며 걷다 무언가 든 생각에 멈춰 섰다.

'아, 혹시 김도환?'

김도환이 왔다 갔을 것으로 생각한 그는 다시 오피스텔로 돌아갔다.

11:30 AM

오피스텔에 도착한 김창민은 옷을 갈아입지도 않은 채 의자에 앉았다.

'그러니깐 나랑 김도환이 서로 바뀐 거라고? 그럼 난 이제 어떻게 되는 거지?'

김창민은 수많은 생각에서 나오고 싶어 미친 듯이 발버둥을 쳤지만, 그 생각들은 사라지지 않았고 도리어 그를 더 힘들게 했다.

'내가 가서 말을 해야 하는 건가? 아니야. 이렇게 된 거 김도환의 삶을 살아가는 것도 나쁘지 않을 것 같은데? 돈도 많겠다. 편하게 살

겠는 걸?'

고민에 빠진 김창민은 김도환의 삶을 살아가기로 했다. 아내가 그리웠지만, 그는 전처럼 힘든 삶을 살아가고 싶지 않았다.

김창민은 다시 오피스텔에서 나와 비서에게 전화를 걸었다.

"당장 와."

비서는 어제와 또 다른 말투에 이상하게 느꼈지만 사고가 났다는 것이 떠오른 그는 아무 말 하지 않았다. 도착한 비서는 김창민을 태우고 저택으로 출발했다. 저택에 도착하여 비서의 도움으로 차에서 내리자 앞에서 경비원들이 줄을 서 고개를 숙이고 있었다.

"오셨습니까, 도련님."

사람들이 자신을 향해 인사하는 것을 보며 김창민은 이 상황을 즐거워했다. 안으로 들어가자 가정부가 나와 또다시 자신을 반겨주었다.

"오셨어요?"

자신을 반겨주는 사람이 없었고 항상 외로웠던 김창민은 다시는 전의 생활로 돌아가지 않겠다고 마음을 먹었다.

거실로 들어서 자신의 방을 찾으려 하다 찾지 못해 가정부에게 다가갔다.

"내 방이 어디더라?"

가정부는 친절히 방 위치를 알려주고는 부엌으로 들어갔다. 계단을 올라가자 방이 보였고 앞에는 테이블과 소파가 놓여있었다.

방 안에 들어가자 김창민은 입이 자동문처럼 열렸다. 넓은 방 안에는 많은 피규어가 장식되어 있었고 침실과 소파, 테이블 그리고 악기들이 놓여 있었다.

구경하다가 노크 소리에 놀란 김창민은 냉큼 문을 열었다. 문 앞에는 가정부가 커피를 들고 앞에 서 있었다. 가정부는 말없이 커피를 테이블에 두고는 그에게 인사를 한 뒤 나갔다. 김창민은 부엌으로 내려가는 가정부의 뒷모습을 보고 "뭐야"라고 중얼거렸다.

다시 들어와 문을 닫고 침대에 누워 아이처럼 해맑게 웃으며 자려고 할 때 또다시 들려오는 노크 소리에 그는 귀찮아하며 일어나지 않았다.

"들어와."

문을 열고 들어온 사람은 커피를 가져다준 가정부였다.

"도련님, 회장님께서 할 말이 있다고 내려오시랍니다."

김창민은 처음 보았던 남성이 김도환의 아버지라는 것과 그가 기업 회장이라는 것을 저택에 온 뒤로부터 알게 되었다.

거실로 내려가자 소파에 앉아 신문을 보고 있는 그를 보며 김창민은 소파에 앉았고 그가 말하기만을 기다렸다. 그는 테이블에 놓여 있는 커피를 한 모금 마시고 말을 꺼냈다.

"어제 안 들어왔던데."

"어제 일이 있어서 못 들어왔습니다."

그는 고개를 끄덕이며 다시 커피를 마셨다. 테이블에 커피 잔을 놓고 김창민을 바라보았다.

"그럼, 몸은 괜찮고? 일은 할 수 있겠어?"

"그럼요! 잘할 수 있습니다."

전과 다른 모습에 그는 당황한 기색이 역력했다. 그가 당황한 것이 티가 났는지 김창민은 그의 눈을 피했다.

"그럼 내일부터 비서가 태워주는 차를 타고 오도록 해라."

그는 자리에서 일어나 방으로 들어갔다. 그가 들어간 것을 확인한 후 자리에서 일어나 다시 방으로 올라가려다 멈춰 섰다. 그는 깨진 시계를 보고 고치기 위해 저택에서 나왔다.

저택에서 나온 김창민은 비서에게 혼자 가겠다며 운전석에 앉았고 시계방으로 향했다.

12:30 PM

시계방에 도착한 김창민은 시계를 건네주었다.

"여기 깨진 것 좀 고쳐주세요."

잠시 후에 아저씨는 말끔히 고쳐진 시계를 건네며 말했다.

"시계가 엄청 깨끗하네요."

"감사합니다."

시계를 받은 김창민은 뿌듯해 하며 시계방에서 나와 고쳐진 시계를 손목에 채우고 저택으로 향했다.

* * *

10:30 AM

김도환은 오 형사의 도움으로 김창민의 집에 도착했다. 그의 집은 비좁은 골목 안을 들어가야 있는데 가는 거리마다 쓰레기들이 널브러져 있었다. 오 형사가 발걸음을 멈춘 곳은 허름한 빌라였다.

집 앞에는 30대 초반으로 보이는 여성과 유치원생으로 보이는 꼬마 아이가 서 있었다. 차에서 내리자 아내가 달려와 김도환을 와락 껴

안았다.

"여보, 왜 연락을 안 받았어."

그는 아내가 낯설었는지 지긋이 바라보다 꼬마 아이와 눈이 마주쳤다. 아이는 김도환을 보며 방긋 웃었다. 옆에서 보고 있던 오 형사가 아내에게 다가가 속삭였다.

"사모님, 형사님 어제 사고를 크게 당하셔서 지금 기억이 없으셔요."

오 형사의 말이 끝나자 아내의 표정이 굳어지면서 김도환을 쳐다보았다.

"그런 일이…, 여기서 이럴 때가 아니지. 얼른 들어가요. 형사님, 고마워요."

그녀는 오 형사와 인사를 나누고 아이와 같이 김도환을 데리고 들어갔다.

집으로 들어온 김도환은 집 안을 두리번거리며 소파에 앉았다. 그녀는 부엌으로 들어가 깎아 놓은 과일을 들고 거실로 나왔다. 그녀는 과일을 포크에 찍어 김도환에게 주었다.

"여기 과일 먹어요. 여보, 아무 기억도 안 나는 거예요?"

김도환은 그녀가 준 과일을 먹으며 고개를 끄덕였다. 옆에서 과일을 먹고 있던 아이가 김도환을 보고는 울먹거리며 그녀에게 물었다.

"엄마, 아빠 기억 없어? 왜?"

엄마라고 부르는 아이가 자기 아들이라는 것을 알아차린 김도환은 입안에 과일을 씹으며 생각했다.

'나한테 아들이 있었구나'

그녀는 울먹이는 아이를 안고 토닥였다.

"그런 거 아니야. 뚜욱- 우리 진혁이 착하지?"

울다 잠이 든 아이를 데리고 방으로 들어간 그녀는 다시 나와 아이가 깨지 않게 살며시 문을 닫았다. 그녀는 김도환에게 다가가 앉았다.

"병원에서는 뭐래?"

"병원에서는 괜찮아질 거래요."

아내는 기억을 잃은 남편의 말투가 불편했지만, 모른 체하고 테이블 위에 놓인 과일을 먹었다.

TV를 보고 대화를 나누다 보니 어느새 시계가 12시를 가리켰다.

아내는 점심 준비를 하러 부엌으로 갔다.

"여보, 점심 먹으러 와요."

김도환은 TV를 보다 말고 아내의 말에 부엌으로 들어가 의자에 앉았다. 식탁에는 밥과 콩나물국 그리고 여러 가지 반찬들이 놓여 있었다.

아내가 자리에 앉자 김도환은 수저를 들었다. 콩나물국을 마시고 반찬을 먹으려고 하자 아내가 김도환의 팔을 잡았다.

"여보, 시계 어딨어?"

김도환은 아내를 빤히 쳐다보며 고개를 갸우뚱거렸다.

"어디 있냐구!"

한참 동안 말없이 바라보고만 있는 김도환이 답답했는지 아내는 목소리를 높였다.

"아, 시계!"

아내의 우렁찬 소리를 듣고 병원에서 봤던 시계를 떠올렸다. 김도환은 밥을 먹다 말고 집에서 뛰쳐나와 병원으로 향했다.

12:40 PM

병원에서 봤었던 시계를 기억한 김도환은 병원으로 갔다. 자신이 있었던 병실에 들어가 찾아봤지만, 시계는 찾지 못하고 집으로 돌아갔다.

집에 도착한 김도환은 아내에게 시계를 찾지 못했다는 말을 했고 아내는 김도환에게 실망한듯 아무 말 없이 방으로 들어갔다. 김도환은 어찌할 바를 몰라 당황하여 아무것도 하지 못했다.

그렇게 다음 날 아침이 찾아왔다.

"여보, 얼른 일어나요."

소파에서 잠이 든 김도환은 그녀가 깨우는 소리에 기지개를 켜며 일어났다. 그녀는 일어나 아무것도 하지 않는 김도환을 이상하게 쳐다보았다.

"출근 준비 안 해요?"

"뭐?"

김도환은 자신이 일이 잘렸다는 말을 꺼내기 어려워 그녀에게 모른 체했다. 그녀는 이상함을 느꼈지만, 말을 하려다 말고 외출 준비를 했다.

"그럼 난 일하고 올게요."

"아빠, 빠빠."

그녀는 아이의 손을 잡고 현관에서 인사를 한 뒤 문을 열고서 나갔다. 집에 혼자 남은 김도환은 산책할 겸 밖으로 나갔다. 밖에 나온 그는 주변 사람들의 시선이 느껴졌고 길을 걷다 마트에서 나오는 아주머니가 다가왔다.

"어이쿠, 자네. 오랜만이네."

“아, 네.”

“어쩨, 일은 잘돼가?”

“일요, 잘렸어요.”

김도환의 말에 주민들은 놀라 눈을 크게 뜨고 다시 한번 확인했다.

“정말이야? 그럴 수 있지. 괜찮아.”

옆에서 듣고 있던 아저씨가 화를 내며 다가와 말했다.

“괜찮긴 뭐가 괜찮아! 형사 일 잘린 게 잘된 일이여?”

주변 사람들이 싸우는 소리에 김도환은 자리에서 나오고 싶었다.

“그게 저 사정이 있어서 그래요. 그럼 이만 가보겠습니다.”

쓴웃음을 지으며 인사를 하고 자리에서 빠져나왔다.

흥얼거리며 산책을 하던 김도환은 자신과 똑 닮은 사람이 승용차에 타고 있는 것을 보았다. 갑자기 김도환의 머리는 깨질 듯이 아파졌고, 약간의 기억이 떠올랐지만, 그는 생각을 많이 한 탓에 아픈 것으로 생각하고 집으로 돌아갔다.

10:00 AM

집에 도착한 김도환은 방으로 들어가 누웠다. 고개를 돌리자 열려 있는 서랍이 그의 눈에 들어왔다. 그는 서둘러 준비하고 나간 아내가 깜빡하고 열어두고 갔을 것으로 생각했다. 서랍을 닫으려고 자리에서 일어난 그는 서랍 쪽으로 다가갔다. 서랍 앞에 앉아 닫으려 하다가 안을 본 김도환은 손목시계와 상자가 들어 있는 것을 보았다. 김도환은 시계를 좌우로 돌리며 살피고서 상자를 열어보았다. 상자 안에는 여러 장의 사진들이 정리되어 있었다. 김도환은 시계와 사진들을 구경

하던 중 이상한 느낌을 받았다.

'내가 이런 적이 있었다고? 왜 난 기억이 없지? 아무리 내가 다쳐서 기억이 없다 한들 많은 기억이 사라지진 않았을 텐데?'

김도환은 곰곰이 생각하다 다시 아파지는 머리를 잡고 누워 있던 자리로 돌아갔다. 계속해서 생각나는 사진 속의 자신과 그녀 때문인지 잠을 청하지 못하고 다시 일어났다.

'뭔데 이렇게 신경이 쓰이지'

김도환은 다시 시계와 사진을 보았고 그때 갑자기 기억이 그의 뇌리에 스쳤다.

'그래, 그때 산책하면서 봤었던 그 사람. 나랑 닮았었지? 그리고 팔목에 이거랑 비슷한 시계를 차고 있었던 것 같은데?'

김도환은 서랍 안에 들어 있는 시계를 보고 산책하면서 봤던 자신과 닮은 사람을 기억해냈다. 이상한 낌새를 느낀 김도환은 오 형사에게 전화를 걸었다.

"여보세요? 오 형사. 잠시 나 좀 볼 수 있을까요?"

11:00 AM

오 형사와 만난 김도환은 그에게 자신이 있었던 일을 쭉 설명하고서 자신이 김창민이 아닌 것 같다고 말했다. 놀란 오 형사는 커피를 마시다 쏟아버렸고 셔츠에 묻은 커피를 휴지로 닦으며 고개를 돌려 김도환을 바라보았다.

"그러셨어요? 그럼, 기억이 조금은 돌아오신 건가요?"

"그런 것 같기도 하고 아닌 것 같기도 해요. 제 기억에는 저랑 닮은 사람이 이 시계를 차고 있었거든요? 그래서 그 사람이 궁금해서 불렀어요."

김도환은 서랍 안에 들어 있던 시계와 사진 한 장을 건네주며 사진 속 김창민을 가리켰다. 오 형사는 사진을 보고 김창민이라는 것을 바로 알아보았다.

"어, 이 사진. 김 형사님 사진이네요."

"네, 그런 것 같아요. 이분 좀 찾아주시면 안 될까요? 제가 이 사람이랑 병원에서 서로 바뀐 것 같네요."

오 형사는 자리에서 일어나 자신의 짐과 김도환이 건넨 시계와 사진을 챙기고 문을 열었다.

"찾아드릴게요."

오 형사가 나가고 김도환도 자리에서 일어났다.

* * *

12:00 PM

김도환이 자신을 의심하고 있다는 것을 모르는 채 김창민은 여유를 가지며 흐뭇해 했다. 즐거운 오후를 만끽하며 보내고 있을 때 휴대전화가 울렸다. 저장되어 있지 않는 번호라 끊으려던 김창민은 일과 관련이 있을 것 같다는 생각에 받았다. 전화를 받은 그는 낯익은 목소리가 들리는 듯했지만, 누구인지 가물가물했다.

"여보세요? 누구시죠?"

"김 형사님, 저입니다."

자신을 형사라고 부르는 사람을 생각하다 문득 오 형사를 떠올렸다. 김창민은 밝게 웃으며 오 형사를 반가워했다.

"어, 오 형사. 잘 지내?"

"네, 잘 지냅니다. 근데 형사님, 무슨 일 있으십니까?"

오 형사의 갑작스레 바뀐 어조가 김창민을 당황케 했다.

"아니…, 무슨 일이라니?"

"출근도 안 하시고 집에도 안 들어가신 것 같은데요? 전화는 또 왜 안 받습니까?"

"어, 어…, 그게, 나중에 만나서 차차 얘기해 줄게."

김창민은 오 형사에게 들키고 싶지 않은 마음에 전화를 끊었다. 하지만 그의 행동이 오 형사에게는 의심쩍게 느껴졌다는 것을 알지 못했다.

"이거 어쩌지."

전화를 끊어도 김창민의 긴장한 마음은 가라앉지 않았다. 마음을 추스르고 그에게 전화를 걸었다.

"네, 아버지. 이제 나갑니다."

김창민은 비서에게 전화를 걸었고 도착한 비서는 그를 태우고 회사로 출발했다.

* * *

12:20 PM

오 형사를 만난 김도환은 그가 보여주는 CCTV를 보고 차를 가리켰다.

"이, 이 차에요."

김도환이 가리킨 승용차를 본 오 형사는 차량 번호를 메모하고 나서 김창민이 어디에서 무얼 하는지 알게 되었다.

"갑시다."

오 형사를 따라 도착한 곳에는 사람들이 북적거렸고, 그 사이에 커다란 건물이 보였다.

'여기…'

건물을 올려다본 김도환은 무언가 떠오른 듯 차에서 내려 오 형사에게 말했다.

"오 형사, 나 혼자 갔다 올게요. 저 뭔가 기억이 난 거 같아요."

오 형사를 혼자 두고 건물 안으로 들어간 김도환은 기억을 해내려고 애쓰며 자신이 있었던 사무실을 찾았다.

1:00 PM

사무실에 도착한 그는 문 쪽에 김도환이라고 적혀진 이름을 보았다.

'역시나'

문을 열고 들어가자 김도환은 점점 기억이 떠오르듯 모든 일이 생각났다.

"이제야 기억이…, 나는 김도환이야."

갑자기 벌컥 열리는 문소리에 김도환은 고개를 들어 문 쪽을 쳐다보았다. 문 앞에 자신과 닮은 모습인 사람을 본 김도환은 그를 지긋이 바라보았다. 그는 김도환과 눈이 마주친 채 한 발짝도 움직이지 못하고 빤히 쳐다보고만 있었다. 김도환은 그의 시선을 계속해서 바라보다 조용히 다가가 말했다.

"당신이 김 형사인가요?"

얼어붙은 그의 몸은 아무것도 하지 못하고 김도환을 바라보기만 할 뿐이었다. 김도환은 그를 멀뚱히 바라보곤 다시 돌아서 자신의 자리에 앉으며 말했다.

"이제야 기억이 돌아온 것 같네요."

그는 기억이 돌아왔다는 김도환의 말에 아무 말 하지 않고 문 앞에 멈춰 서 있었다. 김도환은 자리에서 일어나 한숨을 내쉬며 아무 말 하지 않는 그에게 다가가 말했다.

"말 안 할 겁니까? 언제까지 그렇게 말 안 하고 서 있을 건지요, 무슨 생각이라도 하시는 것 같은데 얘기해 보실래요?"

그는 잠시 뜸 들이다 웃으며 말했다.

"타이밍이 잘 안 맞네. 근데 당신이 기억이 돌아왔어도 이미 저는 김도환인 걸요?"

그의 말을 들은 김도환은 애써 침착하게 말했다. 그는 "왜죠?"라는 김도환의 질문에 답을 하지 않고 땅만 바라봤다. 그리고 김도환이 다시 입을 열었다.

"김 형사님, 가족은 어쩌시려고요?"

김도환의 말에 그는 혼란스러워하며 말했다.

"뭐?"

"제가 오 형사님 만나서 당신네 집에 갔다 왔습니다. 어린 남자아이도 있던데, 애 생각은 안 나나 보죠?"

"우리 진혁이…."

"여보."

사랑하는 아내의 목소리가 들려왔다.

"많이 힘들었지?"

"아니야. 괜찮아."

아내는 힘겨워하면서도 미소를 띠며 말했다.

"우리 아가는?"

우연히 옆에서 듣고 있던 간호사가 "저 따라오세요." 하며 앞장섰다.

간호사를 따라가자 갓 태어난 신생아들이 인큐베이터에 누워 있었다.

"김창민 보호자 분이시죠? 이쪽이에요."

그녀가 손으로 가리킨 곳에는 조그마한 아기가 누워 있었다.

"정말, 이쁘네요!"

김창민은 자신의 아기를 보며 미소를 지었다.

"아기 이름은 지으셨어요?"라는 간호사의 질문에 김창민은 아기를 보며 말했다.

"진혁이요. 김진혁."

＊ ＊ ＊

"형사님!"

걱정되는 목소리로 오 형사가 경찰서에 들어오는 김창민에게 다가가 말했다.

"지금 팀장님 엄청 화가 나셨어요."

오 형사는 김창민의 옆에 바싹 붙어 속삭였다.

"하, 그래. 가 봐라."

김창민은 한숨을 내쉬며 팀장의 자리로 걸어갔다. 팀장은 자리에 앉아 전화하다가 자신에게 다가오는 발소리에 고개를 돌렸다. 김창민은 팀장에게 고개를 숙이며 말없이 인사했다. 그는 전화하다 말고 김창민을 노려봤다.

"내가 너 때문에 지금 무슨 고생하는지 알고나 있어?"

어리둥절한 표정을 지으며 아무 말을 하지 않는 김창민에게 냅다 서류를 던지고 소리를 지르며 자리에서 일어섰다.

"네가 일 처리를 그딴 식으로밖에 못하니까 내가 이 고생을 하는 거 아니야. 이 한심한 놈아!"

"아, 네. 진정하시고 말씀해 주세요."

팀장은 다시 자리에 앉아 다이얼을 누른 뒤 김창민에게 수화기를 건넸다.

"여보세…."

팀장이 건넨 수화기를 받은 김창민은 말을 다 하기도 전에 상대방이 그의 말을 끊으며 말했다.

"당신이 김 형사라는 사람이야? 너 때문에 우리 딸이 무고하게 죽었다고! 이거 어쩔 거야!"

상대의 말을 듣고 놀란 김창민은 몸을 움직이지 못한 채 가만히 서 있기만 했다.

* * *

"우리 가족들."

"저기요, 김 형사님."

무슨 생각을 하는 듯 넋이 나간 표정으로 서 있는 그에게 다가가자 김창민은 울부짖으며 말했다.

"내가 얼마나, 얼마나 힘들게 살았는지 당신이 알기나 해? 돈 많은 당신은 이런 나를 이해 못 하겠지."

김창민의 갑작스러운 행동은 김도환을 당황케 했다.

"내가 당신 삶을 살아가면서 느꼈는데 역시 돈이면 다 되더라? 그래서 그냥 너로 살아갈까 봐."

그는 말을 잃은 채 그저 바라보기만 했고 더는 할 말이 없는 듯 김창민은 사무실에서 나가려 했다. 하지만 김도환의 손에 붙잡혀 안으로 들어오게 되었다. 그는 눈을 치켜세워 김도환을 바라봤다.

"할 말 있냐? 난 다 했는데? 이제 그만하지?"

"이봐, 당신. 돈만 있으면 행복할 것 같나?"

아무 말 없이 정신 나간 듯 실실 웃고만 있는 그를 보고 김도환은 그의 뺨을 세차게 때렸다. 갑작스러운 공격에 그는 정신을 차렸고 김창민은 넋 나간 듯 말했다.

"행복? 돈만 있으면 다 되잖아."

"틀렸어. 당신, 행복에 대해 잘 생각해 봐. 당신 옆에 있는 가족 그리고 동료 또 이웃 사람들. 이 사람들이 있어서 당신은 행복했을 거야."

김도환의 말을 들었는지 아무 말 하지 않고 주변을 둘러보다 문을 열고 나가려는 그를 다시 붙잡았다.

"당신한테서 정말 돈이 중요한 것인지 잘 생각해."

"그만해, 그만하라고! 난 돈으로도 행복해! 가족? 동료? 이웃? 내가 형사 일을 그만뒀단 걸 알면 그들이 어떻게 생각할지….."

다시 문을 열고 나가려는 순간 김도환은 그의 멱살을 잡았다.

"야, 김창민. 그만해. 돈에 미쳐서 제정신이 아니잖아!"

김창민이 정신을 차리기 위해 김도환은 그의 얼굴에 주먹을 날렸다. 김도환의 주먹에 균형을 잡지 못하고 자빠진 김창민은 자리에서 일어나 김도환을 향해 매달렸다.

갑자기 돌변한 김창민의 태도에 당황한 김도환은 그에게서 주먹이 날라오는 것을 피하지 못하고 바닥에 쓰러졌고 김창민은 그의 위에 올라타 계속해서 그의 얼굴에 주먹을 가했다. 김도환은 발버둥치며 김창민을 떼어내려 했지만, 이성을 잃은 그를 떼어내는 것은 힘든 일이었다.

끙끙 앓고 있는 김도환을 보며 때리던 손을 멈추고 미친 듯이 웃어댔다. 김도환 쪽으로 가까이 다가가 얼굴을 바라보며 말했다.

"죽어버려."

죽어버리라는 김창민의 말에 김도환은 정신을 차리고 그의 복부를 주먹으로 내려쳤다. 명치를 맞은 김창민은 배를 붙잡으며 쓰러졌고 김도환은 일어날 수 있었다.

"멍청한 새끼."

피식 웃으며 자리에서 일어나 다시 매달리자 김도환은 그를 벽으로 밀어붙였다.

"나는 다시 돌아가고 싶지 않아. 그러기 싫다고!"

계속해서 김도환은 김창민을 떼려고 안간힘을 쓰다 못해 그는 열려 있는 창문으로 향했다.

"어, 어, 안 돼!"

김도환은 김창민에게서 풀려났고 비명은 점점 멀어져갔다.

* * *

다음 날 아침이 되자 형사가 창문에서 떨어져 자살했다는 뉴스가 사람들을 놀라게 했다.

"어제 오후 3시 40분경 즈음에 한 형사가 견디지 못하겠다는 유서와 함께 대기업 창문에서 떨어져 자살한 것으로 보입니다."

아나운서는 사고 장소와 시간, 사건에 대해 말하며 뉴스가 끝났다.

장례식장 안은 사람들의 울음소리로 울려 퍼졌고 그 속에서 김창민의 아내와 동료들이 그를 그리워하며 울고 있었다. 아내는 그의 사진을 어루만지며 말했다.

"여보, 많이 힘들었구나…. 좋은 곳으로 가요."

그녀는 끝내 자리에 일어서지 못하고 그를 생각하며 슬피 울었다.

* * *

"어제 오후 3시 40분경 즈음에 대기업에서 한 형사가 자살한 것으로……."

라디오에서 들려오는 아나운서의 말을 들으며 비서는 아무 말 하지 않고 저택으로 향하고 있었다.

차는 저택 앞에 세워졌고 저택 앞에서 기다리고 있던 비서는 뒷문을 열었다. 그들은 차에서 내린 그에게 고개를 숙이며 인사를 했다.

"오셨습니까, 도련님."

* * *

말끔하게 정리된 헤어와 깔끔하게 펴진 정장을 입은 그는 넥타이를 정리하며 시계방으로 걸어 들어갔다.

문을 열고 들어가자 시계방 주인은 고개를 올려 반갑다는 듯 미소를 지었다. 주머니에서 고장난 시계를 꺼내 주인에게 건네주며 말했다.

"이것 좀 고쳐주세요."

두 번째 감각

聽

소리의 진동은 때때로 우리의 가슴에
더 큰 파동을 일으키며 울리곤 한다.

이별을 준비하는 사람들에게

—— 한수빈

....

남는   별   X   우주
사람   -고양이별

....

고마워 그리고 미안해
며칠, 몇 달이 지나 몇 년이 지나도
널 못 잊을 거야
… 사랑해

그날 별이는 내 품에서 행복하게 떠났다.

색이 바랜 벽지, 벽면을 따라 줄지어진 책장, 금방이라도 떨어질
것만 같은 책들과 알 듯 말 듯한 제목을 모르는 음악들. 여기는 항상
웃고 즐거워 보이지만 마음 한편에 아픔을 가지고 있는 아이의 쉼터
인 환상 동물카페입니다.
예쁜 외모에 가늘고 긴 속눈썹. 가을 단풍이 생각나는 붉은 머리의

한 남자가 카페의 거울로 비쳤습니다. 카페의 사장인 지훈의 외모는 사람, 동물 할 것 없이 모두의 시선을 사로잡았습니다.

"하아… 아암."

몇 번째 듣는지 가사까지 외워버린 음악과 일정한 패턴으로 돌아가는 선풍기 소리에 지루해진 지훈이 크게 하품을 했습니다. 혹시 손님이 봤을까 초조한 표정으로 주위를 살펴봤습니다. 다행히 지훈을 본 사람은 없는 것 같네요. "휴우." 하며 지훈은 가슴을 쓸어내립니다.

"야옹"

카페 밖에서 길고양이들이 줄지어 서 있네요. 지훈이 오른손을 들어 손목시계를 확인했습니다. 톡탁톡탁 쉴 새 없이 돌아가는 초침은 12시 45분을 가리키고 있었습니다. 지훈이 캐비닛에서 사료를 꺼내 밖으로 나갔습니다.

"야옹"
"애옹"
"알았어, 알았어. 배 많이 고팠나 보구나?"

지훈이 등장하자 고양이들이 지훈의 다리로 달려가 비벼대기 시작했습니다. 덕분에 검은 바지가 흰색과 갈색으로 뒤덮였네요. 지훈이 밥그릇에 사료를 부었습니다.

"역시 내가 아니고 사료 때문이었니."

사료가 밥그릇에 담기자 아까의 애교 많던 고양이들은 어디 가고 원래의 성격으로 돌아와 밥그릇으로 걸음을 옮겼습니다. 지훈의 표정에는 씁쓸한 표정이 남아 있는 듯 보이네요.

"넌 안 먹니?"

7마리 중 한 마리가 아까부터 밥을 먹지 않고 지훈만 바라보고 있습니다. 혹시 몸집이 큰 아이들 때문에 먹지 못하는 걸까 싶어 사료를 한 줌 쥐어 고양이의 입으로 가져갔습니다. 사료와 지훈을 번갈아 보던 고양이는 오독오독 소리를 내며 먹기 시작했습니다. 손질이 잘된 매끄러운 검은 털에 붉은 리본을 맨 거로 보아 버려진 지 얼마 안 되어 보입니다.

"강아지들만 아니었으면 내가 데리고 살 텐데……."

"애옹"

"그랬어?"

고양이의 팔을 잡고 둥기둥기 거리는 지훈의 모습이 주변 사람들을 흐뭇하게 만드네요. 사료를 다 먹은 고양이들이 하나둘씩 골목길로 들어갔습니다.

"잘 가."

검은 고양이도 다른 고양이들을 따라 골목길로 들어갔습니다. 고양이가 다 사라지자 지훈은 가게 안으로 들어가 손님이 오기를 기다렸습니다.

딸랑~

얼마 지나지 않아 문이 열리고 손님이 들어왔습니다. 보라색 머리에, 밤에 울기라도 했는지 눈가가 붉은 앳된 얼굴의 손님이었습니다. 손님의 손에는 고양이용품이 들어 있는 종이상자가 들려 있었습니다.

"아까 있던 검은 고양이 말인데요. 여기서 키우는 아이인가요?"

"가끔 밥 주는 아이예요. 왜요?"

"우리 집 아이하고 닮은 것 같아서요."

"아……."

지훈의 말을 들은 손님은 잠시 고민하더니 카운터 앞의 테이블에 앉습니다. 갑자기 고양이에 관해서 묻지를 않나, 10분째 음료를 시키지도 않고 멍을 때리는 손님의 모습에 지훈은 당황스러워 합니다.

"실례지만 눈가가 빨간데 무슨 일 있었는지 물어봐도 될까요."

"그게 그러니까. 말하려면 긴데요."

손님은 지훈을 한 번 쳐다보더니 자신의 얘기를 이어나갔습니다.

* * *

별이가 고양이별로 떠난 지 일주일이 지났다. 시간을 따라 해와 달은 계속 뜨고 지는데 연기에 가려 보이지 않는 별처럼 다 그대로인데 별이만 없다.

별이는 눈이 정말 아름다운 검은 고양이였다. 진한 호박색 눈을 보면 빨려 들어갈 것만 같았다. 힘든 하루를 보내고 집에 들어오면 별이가 뛰쳐나와 눈을 동그랗게 뜨고 나를 반겨주었다. 그래서 집으로 가는 길이 너무 즐거웠었다.

고등학생 때였다. 그날따라 밤은 더 깊었고 별이 잘 보였다. 야자가 끝나고 집으로 걸어오는 중이었다. 터벅터벅. 누군가 뒤에서 따라오는 소리가 들렸다. 좁은 골목길에 가로등도 없는 터라 누군지 확인할 수가 없었다. 내가 걸음을 멈추면 따라 멈추고, 다시 발을 떼면 움직여 등줄기를 따라 식은땀이 나고 심장박동도 점점 빨라졌다.

야옹

골목길을 빠져나오자 안도감에 가슴을 쓸어내렸다. 뒤에서 고양이 소리에 뒤를 돌아보았다. 혼자 지레 겁먹었던 게 바보 같다고 느껴질 때쯤, 고양이가 가로등까지 걸어 나왔다. 깜깜한 골목길에 걸쳐진 하얀 달과 그 옆을 이루는 별들 사이에 서 있는 고양이가 너무 아름다웠다.

"언제까지 쫓아올 거야?"

내 뒤를 졸졸 따라오는 고양이에게 말을 걸었다. 고양이를 피해 한눈을 판 사이 뛰어도 뒤를 돌아보면 고양이가 서 있었다. 내가 집사로 간택이 된 것인지, 아니면 진한 호박색 눈에 홀리기라도 한 건지, 집에 돌아와 침대에 누웠을 때는 별이라는 이름을 지어주고 있었다.

별이는 다른 아이들보다 작고 약했다. 길고양이라서 그런 것도 있는 것 같았다. 잦은 병치레는 기본, 수술까지 했었다. 힘든 와중에도 별이는 절대 힘든 내색을 보이지 않았다. 낑낑거리다가도 내가 있으면 언제 그랬냐는 듯 해맑게 웃었다. 그 모습을 볼 때면 기특했지만 한편으로는 미안했다.

"저런 돈 덩어리를 왜 키워?"

별이를 보고 이렇게 말하는 이들도 있었다. 그럴 때마다 무시를 하고 넘겼지만, 금전적인 부담은 어쩔 수 없었다. 큰 수술이 잡히면 야근에 주말에는 아르바이트까지 했다. 힘든 나를 위해 별이는 내 앞에서 온갖 재롱을 다 부렸다. 그 모습을 볼 때면 스트레스랑 피로는 어느새 다 사라졌었다.

그래서 안일하게 생각했던 것 같다. 바람 빠진 풍선처럼 힘겹게 숨을 내쉬는데도 그저 그런, 물 흘러가듯 자연스레 넘어가는 잔병치레인 줄 알았다. 날이 지날수록 나아지지 않고 점점 심해져 별이를 데리고 병원으로 갔다. 택시를 타고 이동하던 중 하늘을 쳐다봤다. 하늘은 먼지가 낀 것처럼 어둡고 흐렸다.

"검사 끝날 때까지 여기서 기다리세요."
간호사의 말을 듣고 검사실 앞에 있는 의자에 앉았다.
별이가 잘못되면 어쩌지?, 수술은 받을 수 있겠지?, 돈은 어디서 구해?, 아르바이트 다시 구해야 하나……. 아니면 대출? 같은 생각이 들었다
"별이 보호자분 들어오세요."
별이의 검사가 끝나고 검사결과를 들었다.
"왜 이제 오셨어요.", "며칠만 빨리 오셨어도……."
슬픈 예감은 틀린 적이 없다고…….

"제발 살려달라고", "얘 없으면 못 산다고"

선생님의 말씀을 듣고 울면서 빌었다. 하지만 선생님은 고개를 푹 숙인 채 아무 말도 하지 않았다. 선생님의 얼굴에는 별이를 고쳐주지 못해 미안한 마음과 나를 안쓰럽게 보는 마음이 섞여 보였다. 더 비참했던 것은 선생님의 눈에 울면서 매달리는 내 모습을 본 것이었다.

진료실을 나와 카운터 의자에 앉았다.

'이건 다 꿈이야.'

손으로 짝 소리가 날 정도로 뺨을 쳤다. 뺨이 점점 붉어졌고 얼얼한 느낌이 났다. '진짜 꿈이 아니구나, 이제는 별이를 놔줘야 하겠구나.' 하는 생각에 눈물이 멈추지 않았다. 주변 사람들은 나를 보고 "괜찮을 거다.", "힘내라.", "시간이 지나면 다 잊히더라……."라며 말했고 자신들도 이런 상황이 올 것이라고 생각한 사람들은 말없이 고개를 숙였다.

애옹

무거워진 분위기에 별이가 작게 울었다.

"별아, 집에 가자."

별이를 안고 동물병원을 나왔다. 하늘은 우울한 내 마음은 아는지 모르는지 바깥은 추적추적 비가 내리고 있었다.

그날, 별이는 평소처럼 즐겁게 지내다가 다시는 돌아오지 않는 고양이별로 여행을 가버렸고 그게 나와 별이의 마지막 순간이었다.

별이가 떠나고 힘든 순간이 많았다. 별이의 물건을 치울 수 없었고, 별이가 없다는 걸 아는데도 현관문을 조심히 열었다. 제일 힘든 건 집에 들어가면 나를 반겨줄 이가 없어졌다는 것이었다.

"그거 들었어요? 재택 근무한다던 도유지 대리, 며칠 전에 과로사로 죽었대요."

"진짜요? 보나마나 박 과장이 들들 볶았겠죠."

"그런가 봐요. 대리 죽고 나서 한 번도 안 나왔다니까요?"

며칠 전에는 회식이라 술을 조금 먹었다. 술기운에 취해 별이가 없다는 것도 잊고 애완동물 가게에 들어갔다.

"벼리는 참치 조하하던데."

가게에서 별이가 좋아하는 간식을 샀다. 혀도 꼬리고 비틀비틀 거렸지만 별이를 보기 위해 집으로 향했다.

띠리릭-

"벼라~!"

현관문을 열었지만 별이가 보이지 않았다.

'화장실에 있나?'

별이의 화장실도 확인해 보고, 침대 밑, 옷장, 별이가 제일 좋아하는 장소인 소파까지 확인했지만 보이지 않았다.

"벼리야… 어디 써? 아빠가~ 간식 사 들고 왔는데?"

간식을 흔들기도 하면서 별이를 애타게 찾았다. 그러다가 깨달았다. 별이는 며칠 전에 죽었다는 것을.

"흐흑. 흡… 하… 벼라… 흐흑."

그대로 자리에 주저앉아서 울었다. 목에서 무언가가 튀어나오는 것 같았고 심장이 찢어지게 아팠다. 누가 칼을 들고 내 심장을 쿡쿡 찌르는 느낌이었다. 차라리 생각나지 않았더라면, 기분 좋게 자고 일어나서 생각났더라면, 기억을 떠올린 내가 너무 싫었고 미웠다. 밤새 눈이 부을 정도로 펑펑 울다가 그대로 잠이 들었다.

별이 때문에 슬퍼하는 것을 알고 회사 동료들이 "힘내라."라고 말해 줘서 고마웠다. 몇 번의 싸움도 있었다. 저번에 이 대리가 휴게실에서 동료들에게 얘기하는 것을 들었다.

"나는 동물 키우면서 아빠, 엄마 거리는 거 이해 못하겠다고. 어차피 우리보다 먼저 갈 것들인데. 왜 그렇게 하는지 이해를 못하겠네?"

그 자리에 나는 없었지만 나에게 하는 얘기라는 건 알 수 있었다. 이 대리의 말을 듣자마자 주먹이 나갔다. 중간에 막아준 주변의 동료들 때문에 이 대리는 맞지 않았다.

사람마다 다르겠지만 며칠 전에 떠나보낸 아이를 잊지 못한 게 한심하다는 말투로 얘기하는 걸 듣는다면 누구라도 주먹이 나갔을 것이다.

오늘 별이의 물건을 버리기 위해 밖으로 나갔었다.

"넌 왜 안 먹니?"

한 카페 앞에서 남자의 목소리가 들렸다. 남자치고 예쁜 외모에
정신이 팔려 보고 있다가 남자의 다리에 있는 고양이로 눈길이 갔다.
'닮았어.'

별이가 살아 돌아온 줄 알았다. 별이 보다는 조금 밝은 눈동자였
지만 외모부터 체격까지 똑같았다. 고양이들이 사료를 먹고 가기까
지 기다렸다가 골목길로 들어가는 것을 보고 카페 안으로 들어갔다.

* * *

"아, 죄송해요. 잊는데 힘들었을 텐데."
지훈의 표정이 조금 어두워졌다.
"괜찮아요."
우주의 표정은 웃고 있지만 약간 쓸쓸해 보였다.
"이제 가 봐야겠어요. 제 얘기 들어줘서 고마워요."
"이야깃거리 있으면 언제든지 놀러 와요."
"그럴게요. 또 올게요."
둘은 서로 인사를 나눴고 우주는 가게 밖을 나왔다.

* * *

"역시 못 잊겠다. 이건 집에 고이 모셔둬야지."

쓰레기통 앞에 섰지만 버릴 수가 없었다. 40분 정도 그곳을 헤매다 별이의 용품을 들고 되돌아갔다. 차도 놓고 온지라 오랜만에 집으로 가는 길에 있는 골목길로 들어갔다.

'진짜 오랜만이다. 학생 때는 여기를 밥 먹듯이 지났는데……'

고등학생 때가 생각나 웃음이 났다.

쉬익-

갑자기 뒤에서 무언가가 지나갔다.

"뭐, 뭐야. 누구 있어요?"

확인하기 위해 고개를 돌렸다.

'아무도 없잖아'

휑한 바람 소리만 날 뿐, 거기에는 아무도 없었다. 다시 걸음을 옮겼다. 이번에는 저벅저벅 따라오는 소리가 들렸다.

'괜히 이쪽으로 왔나'

문득 골목길로 들어온 것이 후회되기 시작했다. 이마에 식은땀이 나는 것도 같았다. 골목길을 빠져나와 뒤를 돌아봤다. 어두운 골목길에서 작은 동그란 점이 반짝거렸다. 그것은 가로등이 있는 곳까지 다가왔다.

"넌 아까 본……. 검은 고양이……."

가게에서 봤던 고양이가 내 눈앞에 서 있었다. 몸에 두르고 있는 붉은 리본이 가로등 불빛에 반사되어 빛났다. 고양이 뒤쪽으로는 달이 크게 걸쳐져 있었다.

'그때랑 똑같아.'

119

별이를 봤을 때랑 똑같은 상황이라 웃음이 나오고 심장이 두근거렸다. 고양이에게 한걸음 다가갔다.

"갈 곳 없으면. 형이랑 같이 갈래?"

애옹

고양이가 꼬리를 살짝 흔들었다.

"그럼……. 오늘부터 잘 부탁해?"

....

떠나는   루 X 유지
사람   - karoshi   (karoshi : 과로사)
                         Illustration by 한수연
....

먼저 가서 미안해
내가 없어도
혼자서 잘 살아갈 수 있게
옆에서 지켜줄게

… 네가 있어서 정말 행복했어.

검은 방안에 번쩍거리는 모니터, 그 옆에 쌓인 노트와 책, 쉴 새 없이 돌아가는 기계 소리가 들렸다. 모니터 앞에서 앉아 있는 유지가 이리저리 종이를 뒤적거렸다. 시간은 2시를 넘어가고 있었고 시계는 세로로 깨져 금방이라도 멈출 것 같았다. 저번에 보고서를 캔슬 당하고 짜증나서 던진 물건이 시계에 부딪혔던 모양이다.

재택근무를 하는 유지는 집과 회사의 경계가 모호한 집에서 잠도 제대로 못 잤고 쉬는 시간도 없었다. 나날이 쌓여가는 일과 갑자기 취소되는 일에 집에만 틀어박혀 있었고 그러다 보니… 친구와의 관계는 자연스레 멀어졌다.

'피곤해… 세수라도 할까'
유지가 화장실로 들어갔다. 수도꼭지를 돌려 물을 틀었다. 콰르륵. 잠깐 물이 흐르는 걸 보았다. 일직선으로 흐르는 것 같으면서도 곡선으로 흐르고 있었다. 세수를 하고 거울에 비친 유지의 모습은 처참했다.
푸석푸석한 머리에 며칠 동안 자지 못해 생긴 멍든 것 같은 다크서클, 밖에 나가지 않아 창백해진 피부, 파르르 떨리는 혈색 없는 입술……. 병원에서 도망 나왔다고 해도 믿을 것 같은 얼굴이었다. 유지가 얼굴에 묻은 물기를 닦고 화장실에서 나왔다.

멍!

화장실 앞에서 유지의 반려견인 루가 앉아서 유지를 기다리고 있었다. 유지는 자세를 낮춰 루의 머리를 쓰다듬었다. 머리를 쓰다듬을 때마다 루의 꼬리가 위아래로 활발하게 움직였다. 웰시 코기의 특징이라 할 수 있는 포동한 엉덩이가 꼬리를 위아래로 움직일 때마다 흔들렸다.

"요새 산책 많이 못 나갔지.. 아빠가 일 얼른 끝낼 테니까 조금만 기다려?"

루가 산책이라는 말에 눈이 휘둥그레졌다가 시무룩해졌다.

"루. 왜 이렇게 귀여워? 진짜 귀엽다."

그 모습이 귀여웠던 유지는 루를 안고 거실 소파에 앉았다. 그리고 몇 분 동안 루를 쓰다듬었다.

따르릉

"아 씨 누구야. 박… 과장?"

갑자기 울린 전화에 유지가 통화 버튼을 누르고 전화기를 귀에 대었다.

"새벽에 웬일이세요? 아, 그거 지금 하고 있는데. 내일까지로 바뀌었나요? 며칠 전에 얘기해 주셨어요?"

'지랄.. 마감 전날 알려주는 게 한두 번이냐……'

유지가 귀에서 휴대폰을 떼고 박 과장이 안 들릴 정도로 작게 욕을 했다.

"네? 해주셨죠. 그죠. 네. 그럼 내일 6시까지 보내겠습니다. 네, 들어가세요."

전화가 계속될수록 찡그려지는 유지의 얼굴에 루가 눈치를 살피더니 무릎에서 내려와 방석에 앉았다.

'집에서 하는 건데 시간이 많아? 많기는… 네가 해봐라'

빠드득. 유지의 입에서 이가는 소리가 들렸다. 화를 참을 수 없었던지 유지가 들고 있던 휴대폰을 거실 장으로 던졌다.

콰직, 쩌억, 쾅!

거실 장에서 큰 소리가 났다.

'아. 약정기간'

유지가 서랍장 밑에 떨어진 핸드폰을 들어 확인했다. 액정은 다 깨져 있고 위쪽은 심하게 깨져 부품이 보일 정도였다. 유지가 밑에 흩어진 유리를 정리하던 중 부르르 앓는 소리가 들려 소리가 나는 쪽으로 고개를 돌렸다. 방석 쪽으로 머리를 박은 루가 덜덜 떨고 있었다.

"…"

루는 가끔 뭔가를 던져 스트레스를 푸는 유지의 행동을 많이 봐왔지만 무서운 느낌은 숨길 수가 없었다. 유지가 루에게 손을 뻗자 루의 몸이 아까보다 더 떨려왔다. 눈도 약간 눈물이 맺힌 듯 보였다.

"……. 미안해. 푹 쉬어, 내일 봐."

루의 반응에 유지가 행동을 멈추고 소파에 누워 거실 불을 껐다.

* * *

유지가 눈을 뜬 건 하루가 지난 뒤였다. 햇볕이 창문을 타고 내리

쥐고 있었다. 이상하게 몸이 가벼운 느낌이 들었다.

멍! 멍멍!

눈망울이 붉어진 루가 어딘가를 보고 계속 짖고 있었다. 유지가
소리를 따라 고개를 숙였다. 거기에는 또 다른 유지가 죽은 듯이 자
고 있었다.

"루… 거기 아니야. 아빠 여기 있잖아."

유지가 아무리 불러도 루는 유지의 말을 듣지 못했다.

"이름 도유지……. 나이 35세……. 사유가…… 과로사네? 뭘 했기
에 이렇게 일찍 죽었냐."

뒤쪽에서 들리는 낮게 울리는 목소리에 유지가 고개를 돌렸다.
포마드 헤어를 한 검은 정장을 입은 사내가 휴대폰을 만지작거렸다.

"저, 누구세요?"

"나? 너 잡으러 온 저승사자. 왜, 처음 봐?"

유지는 놀란 표정을 지었다.

"너 최근 일만 하고 잠 안 잤지. 사람이 그러면 안 돼~ 그러니까 일
찍 죽지. 열심히 살면 뭐하나? 이렇게 쉽게 죽는데?"

"제가 이해가 안 돼서 그러는데요. 저 죽은 거예요?"

"저거 보면 알잖아."

저승사자가 소파에 누워 있는 유지를 가리켰다.

"야, 당황한 건 이해하는데. 이제 가지?"

"어디를요?"

"있어. 따라와."

저승사자는 벽을 통과해 지나갔다. 저승사자를 보고 어버버 거리던 유지는 다급하게 저승사자를 따라갔다.

"어릴 때 따로 친 사고도 없고, 부모님 속도 안 썩히고, 좋은 대학 들어갔네? 부럽네. 회사도 꽤 괜찮은데 들어갔고. 따로 처벌은 안 받겠네."

"좋은 건가요?"

"좋은 거지. 그럼 너는 매일 불구덩이에 들어가서 지져질래?"

전화기를 보던 저승사자가 유지의 어깨를 치면서 웃었다.

"아뇨. 아, 저. 궁금한 게 있는데요."

"뭔데?"

"보통 저승사자라면. 검은 한복에 갓 쓴."

"왜 그 말 안 나오나 했다. 사람이, 아니 사람이 아니지. 쨌든 우리가 늙은이들도 아니고 그런 걸 왜 입겠냐. 신세대답게 유행을 따라가야지. 그리고 명부 들고 다니는 거 귀찮고 힘들어."

둘이 도착한 곳은 온통 새하얗게 칠해진 방이었다. 중간에 놓인 빨간 전화기가 눈에 띄었다.

"여기는?"

"간단하게 말하면 현실과 저승의 중간지점. 여기서 기다려."

유지가 전화기 앞에 있는 의자에 앉았다. 저승사자는 휴대폰을 보거나 전화를 하면서 상부의 보고를 기다렸다.

"네 앞에 있는 전화기가 현실에서 누가 보고 싶다고 말하면 잠시

동안 그 사람을 잠깐 볼 수 있게 해주는 거거든. 상부에서 네가 쓸 수 있다고 하네?"

저승사자가 휴대폰을 유지에게 보여줬다.

"이거. 저기에 쓸 수 있는 카드키야. 횟수 적혀 있으니까 확인하고."

유지가 카드를 받아들었다.

"신중하게 생각해. 한번 선택하면 바꿀 수 없어."

"알겠어요."

유지가 자리에서 일어나 카드키를 꼽고 전화기를 귀에 가져가 대었다. 뚜-뚜- 소리가 들렸다.

"코드네임 karoshi-3. 확인되었습니다. 지금 누가 가장 보고 싶으십니까?"

수화기에서 앳된 목소리가 들렸다. 유지는 곰곰이 생각했다. 엄마? 아빠? 아니면 루? 머리가 복잡해지기 시작했다.

"정하셨습니까?"

"네. 루를 보여주세요."

유지는 작게 고개를 끄덕였다.

"의외네. 보통은 부모님 아니면 애인이던데." 저승사자가 작게 웃었다.

"루는 제가 없으면 돌봐 줄 사람이 없어요. 지금은 루가 더 소중해요."

"알겠습니다. 그럼 잘 보고 오시길."

시야가 점점 밝아지는 느낌에 유지는 눈을 감았다.

　빛이 점차 줄어들었을 때쯤, 유지가 눈을 떴다. 주위는 암막 커튼
이 쳐진 무대였다. 무대 밑에는 가면으로 얼굴을 가린 사람들이 의자
에 줄지어 앉았다.

　"여러분, 오래 기다리셨습니다. 이번은 특별히! 예쁜 아이들로 준

비되어 있습니다."

커튼이 열리고 단정하게 차려입은 남자가 활기차게 얘기했다. 유지는 이곳이 강아지 경매장이라는 사실을 알기까지 그리 오래 걸리지 않았다.

이곳은 비밀리에 열리는 강아지 경매장. 주 고객은 애견숍 사장들. 경매의 대상은 길에 돌아다니거나 주인이 버린 개들이다.

품질이 좋은 아이는 좋은 주인이나 펫숍으로 팔려나가지만, 그렇지 못한 아이들은 싼값에 개장수들에게 팔려 개고기 가게나 강아지 공장으로 팔린다. 강아지 공장에 팔린 아이들은 언제 나갈지도 모르는 채로 평생 아이만 낳다 생을 마감한다. 그래서 이곳에 있는 아이들은 항상 두려움에 떤다. 좋은 주인에게 가도 버려짐에 대한 아픔이 있는 아이들이니까.

"첫 번째 아이는 골든 레트리버! 암컷인데다 혈통도 좋고 이전 주인이 곱게 보살폈는지 상태도 좋습니다. 47부터 시작하겠습니다!"

"48."

"50."

"55"

판매자와 구매자 사이에서 오가는 소리가 들렸다.

"자, 현재 56까지 나왔습니다! 더 없으십니까? 다시 한 번 묻겠습니다. 더 없으십니까? 3……. 2……. 1. 네, 낙찰되었습니다. 감사합니다. 바로 이어서 두 번째 아이를 소개해 드리겠습니다. 요크셔테리어

입니다. 상태는 별로지만 가꾸면 좋아질 수 있는 아이입니다. 30부터 시작하겠습니다!"

두 번째로 꾀죄죄한 요크셔테리어가 나왔다. 남자가 경매 가를 말했음에도 한참 동안 가격을 부르는 고객이 나오질 않았다.

"음. 없으십니까. 3……. 2……. 1. 이번에는 없으시군요. 거기. 이거 그 양반에게 갖다 줘."

"네."

남자는 무대 밑에 대기 중인 여성에게 개가 들어간 캐비닛을 넘겼다. 여성은 캐비닛을 받아 들여 밖으로 나갔다.

'어디로 가는 거야'

유지는 여자를 따라갔다.

"거봐, 얘는 나한테 다시 올 거랬잖아. 처음부터 나한테 넘기지 굳이 올려가지고……."

여성이 50대 중반으로 보이는 남자에게 캐비닛을 넘겼다.

"좀 귀엽게 생겼네. 씻기면 속여서 팔수도 있겠는……. 이 개새끼가 어딜 물어!"

저항하던 개가 남자의 손을 물었다. 그러자 남자는 개를 바닥에 패대기치고 발로 밟았다. 바닥에 닿는 신발 소리와 울부짖은 개의 소리가 뒤엉켜 끔찍한 소리를 만들어 냈다. 유지는 귀를 막았다.

"야, 안 닥쳐! 닥치라고."

'우욱……. 못 보겠어……. 루는 어떻게 됐지?'

유지는 무대 장으로 빨리 뛰어갔다. 무대 장에 도착한 유지는 루를 놓쳤을까 관객석을 확인했다. 다행히도 아직 루를 데리고 있는 사람은 없었다.

"자, 마지막으로 웰시코기입니다. 혈통은 잘 모르지만 외모는 이제까지 나왔던 아이들 중 최상입니다. 이 아이는 95부터 시작하겠습니다!"

"95"

"99"

"100"

고객은 루의 얼굴을 보고 부리나케 숫자를 말하기 시작했다.

"흡… 흐윽. 말하지 마. 루는… 흡… 니들이 숫자 붙이라고 키운 게 아니야. 하지 마. 흐아… 흑. 제발."

고객이 숫자를 부를수록 유지의 안색은 짙어졌고, 눈물은 더 많아졌다.

"현재 120 나왔습니다. 더 없으십니까? 다시 한번 묻겠습니다. 더 없으십니까?"

판매원이 끝을 알리는 멘트를 뱉었다.

"3… 2."

"150."

마지막으로 숫자를 세던 중, 제일 가에 앉은 제나가 고액의 금액을 제시했다.

"150.나왔습니다. 더 없으십니까? 3… 2… 1. 낙찰되셨습니다. 감사합니다."

자신의 할 일이 다 끝난 제나가 루를 받아들고 밖으로 나갔다. 제나를 멍하니 보던 유지는 정신을 차리고 제나의 뒤를 따라갔다.

차에 올라탄 제나는 갑갑했던 마스크를 벗었다. 얼굴에서 나오는 우아한 분위기가 차 안을 가득 채웠다.

"어디 아프니?"

제나가 조수석에서 벌벌 떨고 있는 루에게 다가갔다.

"앗."

전혀 악의 없는 손길이었지만 갑자기 다가온 손에 놀란 루가 제나의 손가락을 물었다. 붉어진 손가락에서 피가 천천히 흘렀고 피는 손을 타고 내려가 차 시트를 더럽혔다.

"아가야, 목줄 봐도 될까...?"

제나는 루가 안심할 수 있도록 조금 더 차분한 목소리로 얘기했다. 제나의 행동에 진정이 된 루는 경계를 풀고 목을 들어올렸다.

"루.. 이름 예쁘네. 친구들 있는 곳으로 갈까?"

멍

아까랑 다른 분위기에 루가 작게 대답했다. 제나는 운전대를 돌려 한 카페로 이동했다. 가게의 이름은 [환상동물카페]. 제나는 루를 안아들고 카페 안으로 들어갔다.

"수고했어요. 들키지는 않았고?"

"들킬 리가……. 걔넨 지금 돈 벌었다고 좋아하고 있을 거예요."

카운터에서 무언가를 끄적거리던 지훈이 고개를 들어 인사했다.

"예쁘죠?"

"그러게요. 진우가 알아봐달라고 해서 어찌나 놀랐는지."

제나가 루를 가리키면서 해맑게 웃었다. 지훈이 신기한 듯 주변을 두리번거리는 루를 향해 지긋이 웃었다.

"원래라면 제가 집에 가서 데려와야 하는데. 그전에 부모가 버렸더라고요. 그래서 찾느라 얼마나 힘들었는지."

"사장님도 수고했어요."

'엄마가 루를 버렸어?'

둘의 대화를 듣고 충격을 받은 유지의 마음에 배신감이 들기 시작했다.

"그리고 경매장이랑 공장은 없어져야… 사람을 사고판다고 하면 안된다고 할 것들이 개도 생명 아닌가?"

"그러게요. 많이 바뀐 줄도 알았는데 그것도 아니네요."

지훈이 볼펜을 딱딱 거렸다. 볼펜소리에 맞춰 유지의 마음이 점점 굳어갔다.

"아, 유지 씨. 우리가 너무 방치했네요."

"뒷자리에 타고 있던데… 주인분?"

둘은 유지를 바라보았다. 믿기지 않는지 유지가 둘에게 다가가 자신을 가리켰다.

"보이니까 그만해요. 진우에게 많이 들었어요."

"진우……."

"여기 오기 전에 저승사자 보지 않았어요?"

"아… 흐읍… 흐윽."

"유지 씨?"

루를 만나게 돼서 다행이다, 나쁜 곳에 가지 않아서 다행이다, 루를 구해준 고마움, 안도감에 긴장이 풀린 유지가 흐느껴 울기 시작했다.

"다행이다. 흑. 난 또 루가… 흡. 나쁜 일 당하는 줄 알고.. 흐으윽."

"울지 말아요. 이제는 다 괜찮아요."

지훈이 휴지를 건넸지만 휴지는 유지의 얼굴을 통과해 버렸다.

"음. 늦었지만 저희 소개를 할게요. 저는 지훈, 동물계 담당사자예요. 이쪽은 제나, 제가 데리고 다니는 아이예요. 죽은 건 아닌데. 식물인간? 맞나? 그거예요."

"아, 안녕하세요."

지훈이 싱긋 웃어보였다. 그의 미소에 유지가 한참동안 그를 바라보았다. 제나는 루를 봐주느라 바빠 보였다.

"사장님, 루 밥 먹여야겠는데요?"

"사료 내가 가져올게요."

지훈이 자리에서 일어나 사료를 들고 왔다. 사료를 보고 루가 작게 꼬리를 흔들었다. 조금 기운 차린 모습에 유지의 표정이 아까보다 밝아졌다. 지훈이 사료를 붓자 루가 밥을 먹었다.

루가 사료를 먹을 동안 지훈이 상황을 얘기해 줬다. 유지가 흰 방 안에서 1시간 기다릴 때 현세에서는 1달이 지나가고 있었고, 진우가 전화를 건 상대는 상부가 아니라 지훈이였다는 거. 대상자의 반려견을 데리고 있어달라고 부탁받았다고 했었다. 사자 본인은 아이를 데리러 가지 못하니 제나 에게 부탁을 했고 제나가 지불한 돈은 다 환상이라고 얘기했다.

제나는 자리에서 일어나 강아지들이 모여 있는 곳에 내려두었다. 루가 들어오자 주변의 강아지들이 관심을 보이기 시작했다. 다가가서 냄새를 맡는 아이들도 있고, 약간은 경계하는 아이들도 있었다. 루는 처음에는 당황하는 듯했지만 곧 잘 적응해 갔다.

딸랑~

"안녕하세요!"

"어서 와요."

보라색머리의 남자가 검은 고양이를 안고 들어왔다. 회계팀 직원 서우주였다. 지훈은 손을 흔들면서 웃었다.

"아는 사람이에요?"

지훈이 작게 속삭였다.

"회사동료였어요."

지훈이 작게 고개를 끄덕였다.

"이것 봐요. 루나 엄청 예쁘지 않아요? 물론 별이가 더 예쁘지만! 달이 털실 가지고 노는 거 봐요. 진짜 귀엽지 않아요?"

"정말 귀엽다~"

우주는 휴대폰에서 동영상을 틀어 지훈과 제나에게 보여줬다.

"저 사람이 저런 표정도 지을 수 있구나."

회사에서는 딱딱한 말투라서 무미건조한 사람일 줄 알았던 유지는 우주의 색다른 모습에 감탄하는 어조였다.

"어? 쟤 루 아니에요?"

"루를 어떻게 알아요?"

다 알면서도 지훈은 우주에게 물었다.

"저희 회사 인사팀 직원 분 강아지예요. 가끔 사진 보여줬거든요. 그분 가고 반려견 키우는 게 저밖에 없어서 키워볼 거냐고 재의가 왔었는데…"

"어떻게 했어요?"

"달이도 있고 고양이랑 강아지랑 있으면 싸우니까 거절했죠. 근데 여기 있을 거라고는 생각도 못했네?"

우주가 신기하게 루를 쳐다봤다.

"그분 좀 딱해요. 시도 때도 없이 시비 거는 과장 밑에서 이거 해라 저거 해라. 나 같으면 때려 쳤다."

"맞아 지훈씨, 그 과장 어떻게 됐는지 좀 물어봐 주세요."

"그래서 과장은 어떻게 됐어요?"

유지의 말을 들은 지훈이 대신 질문했다.

"잘렸어요. 의사가 이렇게 버티면서 산다는 게 신기하다던데요? 저 잠깐 루 좀 보고 올게요!"

"갔다 와요."

우주가 루 앞으로 달려갔다.

'쌤통이다 과장 놈'

유지가 이때까지 살면서 제일 기쁘게 웃었다. 지훈과 제나는 그런 유지를 보면서 신기하다는 듯 쳐다봤다.

띠리리리- 띠리리리-

유지가 갑자기 머리에서 들리는 전화기 소리에 머리를 잡았다.

"이제 갈 시간이죠? 갈 수 있겠어요?"

"이런 환경에 산다면.. 갈 수 있을 거 같아요. 고마워요."

"고맙긴요. 잘가요."

"잘가요."

"코드네임 karoshi-3 수거완료. 본인의 의사에 따라 환생, 사자신
청서를 요구하는 바임."

[5년 뒤]

그 일이 있고 5년 뒤, 나는 극적으로 깨어났다. 의사들은 나를 보고
기적이라고 했다. 꾸준히 재활치료를 받으면서 시간이 날 때마다 카페
에 자주 방문했다. 그럴 때마다 사장님은 웃으면서 나를 맞이해 주었다.

띠리리-

링거가 꽂힌 팔이 불편하다고 느낄 때쯤 사장님에게 전화가 왔다.

"여보세요?"

"제나 깼어요? 오늘 올 거예요?"

나긋나긋한 사장님의 말 뒤로 와글와글 시끄러운 소리가 들렸다.

"가야죠. 근데 왜 이렇게 시끄러워요?"

"아, 이미 와 있어요."

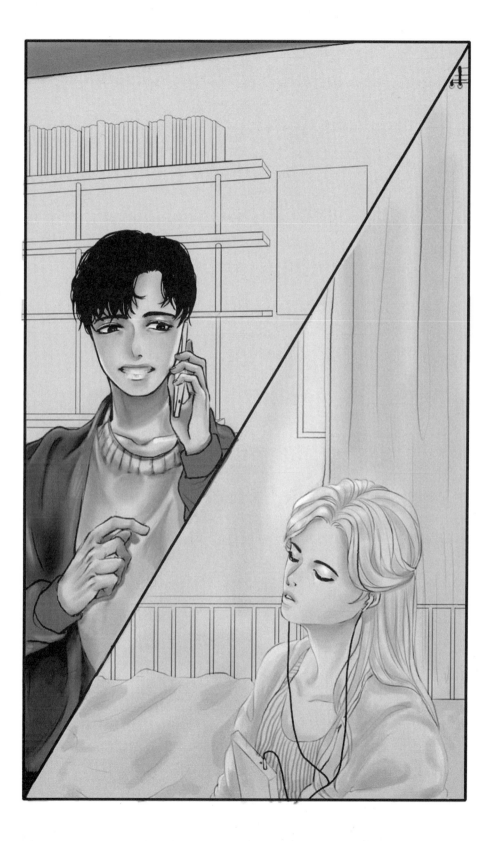

"진짜요?"

"몸도 안 좋은데 무리하지 말고 천천히 와요."

사장님은 걱정된 말투로 얘기했다. 본래 나긋한 목소리에 감정이 더해졌다.

"갈 테니까 기다려야 해요?"

"기다릴게요."

사장님과의 통화가 끝나고 외출증을 끊으러 카운터로 나갔다.

"안녕하세요."

"어서 와요. 여기 앉아요."

사장님이 마련해 둔 자리에 앉았다.

"아니 진우선배, 나보다 나이 어리다면서요. 그럼 말 놔도 되는 거 아냐?"

"아니 들어 온 기수가 다르잖아. 34가 30한테 개기는 게 가능하냐? 넌 군대 선임에게 반말해?"

투닥투닥 거리는 둘을 쳐다봤다.

"다들 애기네……."

사장님은 둘을 보면서 흐뭇하게 웃었다. 아빠가 자식을 보는 것 같았다.

"제나 씨 왔는데 소개 안 할 거예요?"

사장님이 둘 사이를 손으로 휘적거렸다. 사장님의 손이 닿은 부분이 연기처럼 흐려졌다.

"저번에도 봤던 것 같은데. 정식으로 인사하겠습니다. 34기 인간계 사자. 도유지입니다."

유지 씨가 정중하게 인사했다.

"유지 씨 질문 하나만 해도 돼요?"

"네."

"그게 말이죠…"

띠리리리-

유지 씨와 진우 씨의 핸드폰에 알람이 울렸다.

"도유지, 이번 사건 꽤 큰데? 사망자 4명, 부상자 2명. 3중추돌이네?"

"아 귀찮은데……."

"빨리 갔다 오자. 악령 되면 곤란해진다. 나 먼저 간다."

진우 씨가 연기로 스윽 카페를 빠져나갔다.

"그럼……. 다녀오겠습니다!"

…

환상동물카페에서는 언제나 새로운 손님을 기다립니다.

당신은 어떤 이야기를 가지고 있나요?

해방
—— 임하경

1

새벽 1시. 앞으로 해민에게 주어진 시간은,

"5시간."

이 시간이 끝나면 해민은 눈을 떠 하루를 시작해야 한다. 해민은 눈꺼풀에 힘을 줄 수 없을 만큼 피곤했고, 누구보다 휴식이 필요했지만 해민의 밤은 해민을 재울 생각이 없는 듯하다.

"4시간."

해민이 눈을 감고 정확히 1초마다 왼손 엄지로 바로 옆 검지의 손톱 주변 살을 할퀸다. 정확한 간격으로 손가락을 움직이는 해민의 모습은 시계를 연상케 한다.

"1시간."

"30분."

"20분."

오전 5시 45분, 해민은 마지막으로 '15분'을 외치자마자 한숨을 내쉬고는 여전히 눈을 감은 채로 침대를 꾸물꾸물 벗어난다. 이제는 두 손이 다른 방향을 향했지만, 왼손 엄지는 5시간 전과 같이 정확한 리

듬으로 바로 옆에 있는 손가락을 괴롭힌다. 학교에 갈 준비를 하기 위해 방문을 열고 나가려던 해민이 멈칫한다.

"아이씨, 알람 또 괜히 맞췄네."

해민은 어젯밤 침대에 눕기 전 6시에 울리도록 설정해 둔 알람을 끄고는 다시 방문을 열고 나간다. 쉼 없이, 또 하루가 시작된다.

해민이 교실 문에 걸린 자물쇠에 열쇠를 꽂는다. 늘 가장 먼저 교실에 도착해서 교실 문을 열고 자리에 앉아 밀린 숙제들을 하는 해민은, 덕분에 가끔 성실하다는 칭찬을 받기도 했다.

오후 12시 20분, 점심시간을 알리는 종이 치자마자 해민이 자신의 친구 도영과 함께 학교를 조금 벗어난다. 누구도 들어오지 않고, 심지어는 누구도 볼 수조차 없는 곳으로. 해민은 그곳에 누구를 위해 존재하는 것인지 모를 커피자판기를 바라본다.

"야, 해민아."

해민이 도영의 부름에 뒤를 돌아 의문의 눈빛을 보내고는 자판기로 걸어간다.

"아, 아니다. 됐어."

이어지는 도영의 말에 이번에는 뒤도 돌아보지 않고 허리를 숙여 자판기의 음료 출구를 뒤적거린다.

"설마 여기 누구 왔다 갔나?"

해민은 급기야 자판기 앞에 쭈그려 앉아 중얼거리며 음료 출구에 손을 집어넣고 무언가를 열심히 찾는다.

"그거 여기 있다, 멍청아."

도영이 말했다. 해민이 뒤를 홱 돌아본다. 도영의 얼굴이 아니라 도영의 손에 들린 작고 납작한 종이상자 하나를.

"뭐야, 언제 가져갔어."

해민은 다시 도영에게로 척척 걸어가 도영의 손에서 그것을 낚아 챈다. 도영은 기분이 꽤 묘한 표정으로 해민이 담배에 불을 붙이는 모양을 지켜본다.

"아까 하려던 이야기. 해도 돼?"

도영의 물음에 해민이 대충 고개를 반쯤 끄덕이는 것으로 답한다.

"아, 안 물어보려고 했는데. 니 손가락 왜 그러냐고."

해민이 잠시 멈칫하더니 무슨 상관이냐며 담배를 바닥으로 던진다. 바닥에서 불똥을 사방팔방으로 튀겨대는 담배의 모습을 보며 도영은 아랑곳하지 않고 말한다.

"그냥 묻는 거잖아. 안 따갑냐?"

"아, 장대였는데. 아깝게 진짜, 홍도영."

웃어넘길 생각 하지 말고. 도영이 장난스럽게 분위기를 전환하려는 해민의 태도에 강단 있는 말투로 말한다. 덧붙여 담배는 네가 스스로 버린 것이라는 말까지.

"쫌! 신경 꺼. 정 보기 싫으면 연고나 하나 가져오든지."

도영은 해민의 무심한 말에 분명 상처를 받을 것이다. 하지만 도영은 오늘도 그것을 드러내는 것 대신 바닥에서 아직도 파르르 떨리는 담뱃불을 밟아 끄는 것을 택한다.

"진심으로 나 너 때문에 제 명에 못 살 것 같다. 담배 좀 바닥에 버리지 말라고."

민폐야, 진짜로. 도영이 말하며 집게손가락으로 해민이 버리고 자신이 지져 끈 담배를 조심히 들어 자판기 옆 쓰레기통에 버린다. 해민이 다시 웃는다.

"어휴, 애송아. 이게 스모커들의 전통이란다. 네가 뭘 알아?"

해민의 말에 도영은 대답할 가치도 없다는 듯 얼굴을 대충 구기고는 하늘로 얼굴을 치켜든다. 해민이 말없이 하늘을 보는 도영에게 변명하듯 말한다.

"이 후진 곳에 누가 오기나 한다고. 나도 다른 데선 안 그러잖냐."

도영은 자신이 무엇을 걱정하는지 모르는 해민을 한 대 패주고 싶다고 생각하며 짜증을 낸다.

"이제 담배 좀 끊어. 언제까지 필래? 어른 되면, 네가 픽이나 끊겠다. 아주 좋다고 피워 대겠지. 너는 그 담배껍데기에 있는 징그러운 사진 봐도 정말 아무렇지 않아?"

난 토할 것 같던데. 잔소리를 줄줄 쏟아내는 도영에 해민은 픽 웃는다.

다행인지 불행인지, 하얗고 독한 연기를 내뿜는 그 일탈은 도영을 제외한 누구에게도 들키지 않는다. 해민은 앞으로도 스스로 자신을 망치고 있다는 사실을 누구에게도 들키지 않기를 바란다. 앞으로도, 쭉, 영원히.

그렇게 해민은 무엇이 자신을 잠 못 들게 하는지도 모르고 매일매일 애꿎은 담배를 빨아 삼킨다. 담배가 미성년자인 해민에게 있어 구원자쯤이라도 되는 듯 말이다. 해민은 가끔 생각한다. 자신이 성인이 되어서도 담배를 피우는 것 자체에 이토록 해방감을 느낄 수 있을지. 만약 그렇지 않다면 그때는 어디서 해방을 구해야 할지. 해민의 고통이 누구의 잘못에서 비롯된 것인지 모른다. 시작도 모호하다. 다만 피해자, 차해민은 존재한다.

2

도영의 휴대전화가 진동과 함께 어둠 속에서 푸르게 빛난다. '발신인 차해민'으로부터 온 전화가 부재중 표시를 네 번이나 남기고 나서야 도영이 잠에서 깨 눈을 가늘게 뜨고 휴대전화를 확인한다.

"차해민?"

도영은 발신인의 이름을 확인하고 환한 빛에 적응하지 못한 눈으로 부재중 전화의 개수를 세어본다. 그때 화면이 초록색으로 물들며 해민에게서 다섯 번째 전화가 온다.

"얘가 이 시간에 왜 이래?"

의문이 담긴 말을 중얼거리며 전화를 받은 도영이 놓쳐버린 네 번의 전화에 대해 사죄하는 듯 꽤 절박한 목소리로 해민의 이름을 부른다. 해민은 답이 없고 전화기에서는 훌쩍이는 소리만 난다.

"차해민? 해민아. 야. 우냐?"

도영이 계속해서 흐느끼는 소리만 내는 해민에 안절부절못하기 시작한다. 그리고 혹여나 해민이 이대로 전화를 끊어버릴까 계속해서 질문을 던진다.

"내가 전화 안 받아서 그래? 야, 미안하다. 진짜 미안."

애초에 대화가 목적이 아니었던 도영의 질문도 서서히 떨어져 가고, 도영이 해민의 전화를 받은 지 15분쯤 지났을까. 불 꺼진 방 안에는 해민이 우는 소리만 남는다. 도영이 덩달아 눈물 없이도 목이 메는 감정을 느낄 때쯤, 해민이 입을 연다.

"나 좀 잘래."

겨우 뗀 입에서 나온 한 마디를 끝으로 해민은 눈을 감고 쓰러진다. 자그마치 다섯 밤 만에 해민이 잠이 든다.

해민은 자신이 어떻게 잠에 든 것인지도 모른 채, 오전 8시에 잠에서 깨어난다. 5시간 정도의 길지 않은 수면시간이었지만 해민에게는 그야말로 단잠이었다. 사실 해민이 도영에게 전화를 건 순간부터 해민의 문제는 도영에게로 넘어간 것이었다. 그날 밤 도영은 소리 내어 우는 해민의 목소리를 작은 휴대전화로 들으며 자신이 무슨 말을 하는지도 모르고 그저 해민을 안심시키기 위한 말을 한참 중얼거렸다. 괜찮아, 괜찮아. 진정해 봐. 너 지금 혼자지? 우리 집에 올래? 아니다. 내가 너희 집으로 갈게. 해민아. 차해민? 괜찮아? 왜 말이 없어. 해민의 지독한 불면을 알리는 말 한마디가 기척을 감춘 후에도 전화는 오래토록 끊어지지 않았다.

참고 있던 해민의 아픈 소리가 터진 시끄러운 밤이 지나고, 토요일 아침 9시 40분. 도영이 해민의 집 앞 벤치에 앉아서 초조하게 휴대전화만 들여다본다.

"어. 왔어?"

도영은 자신의 옆에 털썩 앉은 해민을 돌아보지도 않고 인사만 대충 건넨다. 더 초조해졌는지 다리까지 떨면서.

"아, 쫌! 다리 가만히 냅둬. 정신 사납다, 홍도영."

어? 아, 미안. 해민은 답지 않게 자신의 말을 한 귀로 듣고 한 귀로 흘리는 도영을 바라본다. 다리 좀 떨지 말라고 했더니만 이젠 손톱도 무는 도영에게 해민이 버럭 짜증을 낸다.

"그래서, 왜 불렀는데. 이 아침부터."

"헐! 됐다! 된대! 대박이야."

아니 뭐가. 도영은 정말로 짜증이 치밀어 오른 것처럼 보이는 해민을 뒤로하고 전화를 건다.

"어, 외삼촌! 진짜 해주는 거지? 고마워. 응. 지금 바로 가? 어어. 이따 봐요!"

도영이 외삼촌이라는 사람의 전화를 끊는다. 뭔데? 해민의 물음에 도영이 답한다. 너 살려주려고.

"우리 외삼촌이 정신과 의사인데 원래 학생은 절대 안 봐주거든. 근데 이 근방에 병원이 우리 외삼촌 병원밖에 없어서. 너 가기 편하려면 가까워야 하니까!"

해민은 도영의 행동에 당황한다. 정신병원이라니. 16살 해민의 머릿속에 끔찍한 장면들이 스쳐 간다. 해민의 머릿속에서 웅웅대던 언덕 위의 하얀 병원은 해민의 어린 입을 지나 분노로 변하기에 이른다.

"야. 네가 뭔데?"

도영이 해민의 설익은 분노를 모른 척하고 계속 웃으면서 그러게, 내가 뭘까? 하고 장난을 건다.

"홍도영, 진짜 뭐냐고. 나 그런 데 안 가!"

'그런' 데. '그런' 병. 도영이 정말로 해민의 말을 씹어 삼키듯이 아무것도 없는 입속을 이로 잘근잘근 씹는다. 꼭꼭 씹고 뱉듯이 말한다.

"불편하냐?"

"어. 불편해. 왜 니 마음대로 사람을 그런 델 데리고 간대?"

해민의 대답에 도영은 잠시 당황한 척을 하다가 콧방귀를 뿜으며 웃는다.

"근데 오늘은 가야 해. 이미 외삼촌한테 말해 놔서 지금 너 기다리고 있을 걸."

해민이 결국 한숨처럼 욕을 한다. 으, 미친.

3

도영의 외삼촌, 현수는 35살에 병원을 개원한 정신과 의사다. 그는 부유함이 차고 넘치는 부모님 아래 태어났지만, 모두가 부러워하는 자신의 출생을 이렇게 표현하곤 한다. '아, 태어나 버렸다.' 현수는 어느 순간부터 모든 일에 있어 가장 많이 스트레스를 받는 사람이었다. 똑같은 자극에도 쉽게 뭉개져 버리는 그런 사람. 지난 삶에서 약 20년을 사춘기 같은 예민함을 지니고 살아온 현수는 자신이 살아 숨 쉰다는 것에 딱히 감동을 느끼지 못한다.

어젯밤, 현수는 그가 정말로 사랑하는 조카인 도영에게 처음으로 부탁을 받았다. 도영은 현수에게 자신의 친구가 잠을 잘 자지 못하는 것 같은데, 치료가 필요한 정도인 것 같다고 열심히 설명했다. 현수는 도영이 곧 할 말을 예상하고 물었다.

"너 지금 몇 살이지?"

"아, 외삼촌. 그것도 몰라? 나 16살이잖아."

도영이 가볍게 툴툴거렸다.

"그러는 너는. 내 병원 학생환자 안 받는 거 몰라? 그리고 당연히 도영이 너 몇 살인지는 알고 있었어."

알면서 물은 거다, 임마. 현수가 받아쳤다. 도영은 현수에게 애원하며 자신의 친구를 진료해 달라고 부탁했다.

"안 돼, 진짜. 다른 병원 소개해 줄게. 네 친구한테도 그게 더 좋을 것 같다."

"아 아니야. 외삼촌이 봐 줘야 돼. 내가 어제 인터넷에서 다 찾아봤거든? 외삼촌만큼 믿을 만한 의사 선생님도 없어. 진짜."

'제발'과 '안 돼'가 몇 번이나 오고 간 후 도영이 말했다.

"몰라, 몰라! 나 내일 바로 내 친구 데리고 갈 거야. 잠도 못 자고 퀭해가지고는 아프지도 않은지 자기 손톱도 다 뜯어놔서 피 질질 흘리고 있는 애 앞에서도 그렇게 말해 봐! 나 진짜 눈물 펑펑 쏟으면서 병원 바닥에 누워서 먼지 다 쓸고 다닐 거야. 이 매정하고 매몰찬 사람아!"

현수는 말문이 막혔다. 도영이 잠깐의 정적에 휴대폰 너머에 있을 현수의 눈치를 보다가 다시 말했다.

"아, 그러니까, 나 여태까지 외삼촌한테 뭐 사달라고 한 적도 없잖아. 이번 한 번만 들어주면 안 돼? 진짜 딱 한 번만."

현수는 여전히 말문이 막힌 채로 생각했다. 협박과 회유를 적절하게 사용하는 무서운 중학생이 여기 있다고. 현수에게서 말이 없자 도영은 현수가 화난 게 분명하다고 생각하며 황급히 전화를 마무리했다.

"외삼촌! 진짜 미안한데, 나 정말로 해민이 도와주고 싶어. 내가 교복으로 그 병원 반짝반짝하게 닦아버릴 수도 있다는 거 잊지 말고, 내일 다시 전화할게."

현수는 끊어진 전화를 바라보며 생각에 잠겼다. 며칠 전에 방에 걸어 두었던 시계가 째깍거리는 소리는 현수를 과거로 되돌려놓았다. 과거에 얽매이는 자신을 미련하다 욕하면서도 현수는 회상을 멈출 수 없었다. 혹시나 지금 떠올리면, 이제는 아무렇지 않을 수도 있지 않을까 하는 희망으로.

16년 전, 고등학생 임현수는 비상한 머리에 수려한 외모, 부유한 집안을 가진 사람이었다. 모든 일에 애쓰지 않았고, 깊게 생각하지 않았다. 어렵고 힘든 것이 없었기 때문이다.

4

현수에게는 태어나서부터 18년간 습관처럼 하던 말이 있었다.

"어쩔 수 없지, 뭐."

현수의 친구였던 하준은 종종 저 말을 들으면서 생각하곤 했다. 그렇게 넘길 수 있어서 좋겠다고. 어쩔 수 없어도 괜찮아서 부럽다고.

학기 초, 현수와 하준은 마치 창과 방패처럼 전혀 친해질 수 없을 것 같았지만 꽤 빨리, 그리고 꽤 깊게 가까워졌다. 현수가 끝도 없이 하준의 뒤꽁무니를 졸졸 따라다녀서인지 어느 순간부터 현수와 하준은 늘 서로가 함께 있는 것이 편했다. 하준의 삶에서 유일한 친구였던 현수는 하준에게 매우 많은 영향을 끼쳤다.

"야. 근데 너 공부는 언제 해?"

더위가 부지런히 다가오고 있는 반면에 어김없이 하준이 아르바이트 중인 커피숍에서 빈둥거리며 책을 읽고 있는 현수에게 컵을 닦고 있던 하준이 물었다.

"음…, 하고 싶을 때? 갑자기 왜?"

현수는 책에서 눈을 떼지 않고 대답했다.

"아니, 넌 맨날 놀기만 하는 것 같아서."

하준이 다 닦은 컵을 트레이에 놓고 다른 컵을 집어 들며 말했다. 현수가 눈알만 굴려 하준을 힐끔 보고는 마음대로 요상한 음을 붙여 노래를 불렀다.

"인생~ 될~대로 돼라~지 뭐!"

하준은 그런 현수가 한심하다는 듯이 웃었다. 그러나 하준은 현수가 말하는 '될 대로 돼라'에는 절대로 추락은 없다는 사실을 알고 있었기 때문에, 인생이 추락뿐인 자신은 저 한심하고 우스꽝스러운 노래조차도 부를 수 없다는 사실 또한 알았다.

그렇게 여름이 거의 끝나갈 때였나, 현수가 아르바이트를 마친 하준과 함께 집으로 가다가 앞에 분홍색 바가지를 놓고 무릎을 꿇은 채로 구걸을 하는 노인을 보고 짜증을 냈다.

"으휴, 저런 낙오자 새끼들."

현수는 노인을 흘겨보며 무심하게 중얼거렸다.

"아니, 저렇게 노력도 안 하고 구걸이나 해댈 힘이 있으면 일을 알아보던가. 진짜 한심하다, 한심해. 그렇지 않냐?"

"어…, 그러게."

"저런 사람들, 일할 수 있는데 하기 싫어서 저러는 거잖아. 왜 저러고 사나 몰라."

그러게. 왜 저렇게밖에 살 수 없을까. 하준이 입안의 여린 살을 앞니로 잘근잘근 깨물었다. 하준은 저 할아버지가 왜 저렇게까지 나락으로 떨어졌는지 모르겠고 궁금하지도 않았지만 단지, 인간이 인간에게 엎드리는 것은 너무 비참한 일이라고 생각했다. 그래서 하준은 현수와 헤어지고 난 후, 길을 되돌아갔다. 여전히 그 자리에 못 박힌 듯 구부정히 앉아서 지나다니는 사람들 모두에게 머리를 조아리고 있는 그 노인 앞으로. 그리고는 무릎을 굽히고 앉아 노인과 눈을 마주치며 분홍색 바가지에 꼬깃꼬깃한 천 원짜리 지폐 한 장과 백 원짜리 동전 네 개를 넣었다. 하준이 가지고 있던 돈 전부였다.

하준은 시간이 지나며 현수가 왜 자신을 좋아하는지 알게 되었다. 현수는 하준이 가난하지만 악착같이 살아가는 것에 존경 비슷한 감정을 느꼈다. 바르고, 성실하고, 남에게 피해를 주지 않는, 정하준. 모두가 자신에게 목적을 가지고 다가온다고 생각했던 현수는 자신에게 아무것도 바라지 않고 요구하지 않는 하준을 좋아했다. 그러나 하준은 현수가 좋아하는 자신을 늘 증오했다.

5

하준은 도저히 남에게 신경을 쓸 겨를이 없었다. 정확히 말하면 자신의 가족 외에는 무관심했다. 심지어 스스로에게조차도. 하준의 집에는 어머니와 하준, 그리고 어린 동생 두 명이 있었다. 삶을 살아갈 기력이 다해버린 하준의 어머니에게는 붉은 기가 다 가신 회색 피가 흐르는 듯했다. 하준은 무기력증에 빠져 늘 누워만 있는 어머니를 보며 회색빛 피비린내를 맡는 기분을 느꼈다. 하준은 쓸데없는 일이라는 것을 알면서도 가끔, 지난날은 꽤 행복하지 않았던가 생각해 본다. 그래, 어떤 날이든 오늘보다야 불행했겠는가.

하준의 아버지는 대기업의 공장에서 일하는 기술자였다. 용접, 용접, 또 용접. 타오르는 두 눈, 그 눈을 이기지 못하고 그을린 것만 같은 피부, 그을리다 못해 녹아버린 손 마디마디의 주름들. 하준이 기억하는 아버지는 그런 사람이었다. 무엇도 아버지의 눈을 피해갈 수도, 이길 수도 없었다. 하준은 아버지가 눈을 감던 순간을 지구상 최악의 순간이라고 믿어 의심치 않았다. 그가 눈을 감는다는 것은 곧 지구의 불길이 꺼진다는 것이었다. 고작 중학생이었던 하준은 아버지의 시체 앞에서 눈물을 꾸역꾸역 참았다. 구원을 바라는 기도인지, 심술이 담긴 통보인지 알 수 없었지만 괜히 불러본 적도 없는 하나님을 속으로 부르짖으며 꾹꾹 눌러 참았다.

'하나님, 저는 얼어 죽고 말 거예요!'

하준의 아버지는 반평생을 공장에다 바치고, 마지막마저 공장에서 맞게 되었다. 왜 죽었는지는 정확히 알 수 없었다. 죽은 사람과 공장은 알고 있었겠지만 둘 다 결코 말을 할 수 없는 존재가 아니었던가.

회사에서는 검은 양복을 말끔히 차려입은 사람을 보냈다.

"예, 사모님. 그럼요. 그럼 서류상 산재처리는 이 돈으로 대신하고, 따로 조치는 안 해도 되겠지요?"

멍청하다고 놀림 받는 것도 모를 만큼 아무것도 모르는 어머니는 그저 눈물만을 흘리며 끄덕거릴 뿐이었다.

"사모님 얼마나 슬프시겠습니까. 다 이해합니다. 그래도, 나중에 진상규명 뭐 이런 피켓 같은 거 들고 회사 찾아오시면 큰일납니다. 하하. 그럼 전 이만."

검은 양복들, 검은 자동차들, 검은 사람들이 그렇게 떠났다. 그로부터 젊고 아름다운 어머니는 반평생을, 자신의 무지에 자책하며 지내야 했다.

하준은 어린 나이에 가족부양이라는 무거운 짐을 어깨에 얹었고 밤낮없이 일과 공부를 반복했다. 마치 그게 오누이를 호랑이에게서 구해 줄 튼튼한 동아줄이라도 되는 양.

불행만을 달리던 하준의 집은 결국 두 달 전부터 들이닥친 영화에서나 볼 법한 사채업자들에게 들쑤셔졌다. 하준은 그들의 폭력과 위협에 빌리지도 않은 돈을 꼭 빨리 다 갚겠다며 싹싹 빌었고, 하준의 어머니는 검은색 옷을 입은 사채업자 무리에 하준의 두 동생을 붙잡으며 소리를 질렀다. 하준의 가족은 일을 해보겠다며 서울로 간 형이 보내주는 적은 돈과 나라에서 주는 작은 지원금으로 살아가고 있었는데, 알고 보니 하준의 형이 사채에 손을 댄 것이었다. 모든 것은 하준의 몫이었다. 두 달 전부터, 어쩌면 태어날 때부터 하준의 하루는 72시간이어야만 했는지도 몰랐다. 하준의 머릿속에 째깍거리는 시계소리가 흐르기 시작했다. 누군가 빠르게 감기 버튼이라도 눌러놓은 듯, 다급하게, 째깍째깍째깍! 하준은 귀를 막아도 들리는 시계소리에 생각을 다른 곳으로 돌려줄 감각을 찾았다.

6

"야, 넌 정하준 좀 본받아야 돼. 너네 애 알바 하면서까지 공부하는 거 봤어? 진짜 멋있다. 멋있어."

현수는 친구들과 모여 놀 때면 꼭 하준을 칭찬하고는 했다. 그럴 때마다 하준은 멋쩍게 웃었다. 오늘도 그렇게 시간이 흘렀다.

"정하준! 오늘 시간 비면 나랑 오락실 가자."

현수의 말에 하준이 난감한 표정을 지었다.

"아, 미안. 나 오늘 알바 있어서."

"뭐야. 또 무슨 알바. 요새 왜 그렇게 바쁘냐?"

현수는 조금씩 화가 나려 했다. 시험 기간이면 공부하느라, 일찍 마치면 알바 하느라, 그것도 아니면 동생들을 챙기느라. 하준이 갖가지 이유로 핑계를 대며 점점 자신을 멀리한다고 생각했다.

"진짜 미안. 앞으로도 시간 잘 못 낼 것 같으니까 다른 애들이랑 놀아. 나 간다."

하준은 현수와 자신 사이에 선을 그었다. 현수는 그런 하준에게 서운한 마음이 들었다. 다시 하준과 친해지기 전으로 돌아간 것만 같았다.

하준의 몸과 정신은 날이 갈수록 엉망진창이 되어갔다. 하준에게는 하고 싶은 일은 없었고, 해야 할 일만 있었다. 늘 바쁘고 불안한 하준의 머릿속을 시계 소리가 가득 채웠다. 하준은 머릿속에서 시계 소리를 지우기 위해 손목을 칼로 그었다. 처음에는 샤프, 펜으로 시작한 것이 어느 순간 날 선 커터칼로 변해 있었다. 뚝뚝 떨어지는 핏방울과 정신이 번쩍 들 정도의 고통은 하준을 강박적 사고에서 찰나의 순간이나마 벗어나게 해 주었다. 하준은 자신의 의지대로 멈출 수 없는 '시계 소리를 생각하는 것'이 꼭 죽는 날만을 세고 있는 것 같다고 생각했다. 점점 더 빨라지는 시계 소리에 자신이 곧 죽을 것이라고 예감하면서도, 하준은 죽지 않기 위해 계속해서 자신의 몸에 흐르는 피가 붉은색임을 확인했다.

"야. 손목이 그게 뭐냐."

현수가 하준의 손목을 들여다보며 말했다. 하준이 당황하며 소매를 죽 잡아 늘여 손목을 가리는 모습까지 현수는 놓치지 않고 응시했다.

"뭐래. 아무것도 아니거든?"

하준이 어색하게 웃으며 말한다.

"네가 그었어?"

얼버무린 하준이 민망할 만큼 현수가 매섭게 물어본다.

"내, 내가 미쳤어? 이거 동생이 장난치다가 뭐 좀 묻은 거야."

하준은 대답하며 손이 노란색이 되도록 샤프를 꽉 쥐었다. 현수는 하준이 손이 터질 듯 샤프를 쥐는 모습을 눈치챘지만 별다른 말은 하지 않았다. 대신 한숨을 내쉬며 하준의 옆 책상에 엎드렸다.

현수는 하준이 쥔 샤프를 빼앗아 들고 하준의 노트 귀퉁이에 적었다.

'왜 그랬어?'

하준은 이미 다 알고 묻는 것 같은 현수에 입술을 말아 물고 눈을 내리깔았다. 현수는 하준이 내려다보는 곳의 깊이를 가늠할 수 없어서 잠깐 두려움을 느꼈다. 한참이 지난 뒤 하준이 작은 목소리로 대답했다.

"그냥. 신경 좀 꺼 줘. 제발."

몇 초간 하준의 얼굴을 바라보던 현수는 끝까지 눈을 마주치지 않는 하준에 이번에는 정말로 화가 났는지 샤프를 책상 위에 신경질적으로 내던지며 일어났다.

"됐다, 됐어. 나도 이제 그만할란다."

하준도 알고 있었다. 자신이 얼마 전부터 현수의 자존심을 조금씩 긁어왔다는 것을. 이제 하준은 바라던 대로 완벽히 혼자가 되었다. 그것이 최선이라고 믿었다.

7

쉬는 시간을 끝내는 종이 울렸다. 현수는 비어 있는 하준의 자리를 힐끔 쳐다보고는 다시 뒷자리에 앉은 친구와 신나게 게임 이야기를 했다.

"왜 쌤 안 오시지?"

"야, 실장. 쌤 수업 까먹으신 거 아니야? 네가 한번 가 봐."

"미쳤냐? 오늘은 그냥 놀자. 쌤도 수업하기 싫으시겠지."

20분이 지나도 선생님이 오시지 않자 교실이 다시 쉬는 시간처럼 시끌벅적해졌다. 선생님을 모시러 가자는 의견과 가지 말자는 의견이 분분한 와중에, 하준이 모두의 시선을 받으며 교실 문을 열었다. 6교시가 다 되어서야 학교에 나타난 하준은 평소와는 다른 모습이었다. 온몸을 두들겨 맞은 듯 여기저기 멍과 피딱지가 눈에 띄었고, 왼쪽 손목의 안쪽은 본래 피부의 색을 찾아볼 수 없을 만큼 검붉은 상처들로 가득 차 있었다. 놀랍게도 전부 스스로 만들어낸 것들이었다. 전혀 끔찍하지 않은 장면인데도 보는 사람의 마음을 갈기갈기 찢어놓을 만큼 잔혹한 것은 하준의 얼굴이었다. 하준은 성치 않은 온몸으로, 온 힘을 다해, 뿜어져 나오는 분수를 억지로 틀어막는 것처럼 눈물을 참으며 교실 문 앞에 서서 발걸음을 더 내딛지 못했다. 현수가 그 모습에 깜짝 놀라 의자를 박차고 일어나 하준에게 다가갔다.

"야, 왜 그래?"

하준은 아직도 여전히 진심으로 자신을 걱정해 주는 현수의 앞에서 눈으로는 울고 입으로는 웃으며 고개를 도리도리 저었다.

"그냥."

현수는 하준을 말없이 착잡한 표정으로 바라볼 뿐이었다.

"야! 너희 뭐해! 수업 시작한 지가 언젠데. 빨리 들어가 앉아라!"

선생님이 복도를 느긋하게 걸어오며 현수와 하준에게 소리치셨다. 하준은 현수를 지나쳐 자신의 자리로 걸어가 앉았다. 현수는 그런 하준의 움직임을 눈으로 따라가다가 자신도 자리로 갔다. 신경질적으로 교과서를 펼친 현수가 볼펜으로 모든 것을 찢을 작정인 마냥 '그냥'을 국어 교과서에 눌러 써댔다. 그냥, 그냥, 그냥, 그냥.

8

다음날, 2교시였다. 현수는 교실 책상에 엎드려서 잠을 청하다 싸한 분위기에 눈을 떴다. 그 공간에 있는 모든 것이 통곡하는 분위기. 추운 날씨였다. 현수는 예상하던 불안함을 느꼈다.

"야. 야. 왜 그래…. 무슨 일이야?"

현수의 애탄 물음에도 누구도 쉽게 답하지 못했다. 현수는 말로 형용할 수 없이 치밀어 오르는 감정에 머리가 띵할 지경이었다.

"야. 야!! 무슨 일인데. 진짜 그만 좀 쳐 울고!! 좀!"

현수가 물기 어린 목소리로 소리를 지르던 그때, 학생주임 선생님이 담임 선생님과 함께 교실로 들어오셨다.

"현수야. 일단 진정하고 앉아라."

현수는 거칠게 의자에 앉으며 축축하고 빨갛게 달아오른 눈으로 선생님을 독기 어리게 쳐다봤다. 담임 선생님은 교탁 옆에 서서 숨죽여 울고 있었고, 학생주임 선생님은 입을 떼기가 어려운 듯 교탁에 얹은 두 손을 달싹거렸다.

"하준이가…, 이제 다시는 볼 수 없게 됐다."

현수는 귀를 막았다.

"너희가 슬픈 건 이해하지만, 너무 슬픔에 빠져 있어서는 안 된다. 이런 일은 옛날부터 종종 있는 일이었으니까…….."

현수의 귀에는 이제 아무런 소리도 들리지 않았다.

'내가 죽였다. 내가. 내가 정하준을 죽였다.'

현수는 계속해서 돌아가는 벽에 걸린 시계의 시곗바늘을 노려보며 생각하다가 자리를 박차고 일어나 손을 뻗어 시계를 잡았다. 현수의 손에 잡힌 시계가 곧 바닥에 내던져지고, 열심히 돌아가던 시곗바늘도 서서히 멈췄다. 현수는 비로소 세상이 멈춘 듯한 느낌을 받았다. 하준이 없는 세상, 시계의 의미가 없는 세상. 현수는 시계를 부순 대신 시계 소리를 뇌리에 새겼다. 그렇게 현수가 시계의 의미가 없는 세상에 갇혔다.

9

하준이 아파트 옥상에서 떨어졌다. 그가 택한 최후의 해방은 그런 것이었다. 현수는 하준의 장례식장 앞까지 갔지만, 결국 들어가지 못하고 되돌아갔다. 현수는 하준을 원망했고, 자신을 미워했다.

슬프게도 하준은 병든 자신을 이해하지 못했고 그 누구에게도 이해받지 못했다.

현수는 머릿속에서 지우려고 해도 지워지지 않는 그날의 시계 소리에 정말 말 그대로 미쳐버릴 것 같다고 생각했다. 머릿속에서 쉴 새 없이 째깍거리는 시계 소리를 밀어내고자 다른 것들을 머릿속에 마구잡이로 넣었다.

그리고 하준의 죽음이 채 잊히기도 전에 현수의 조카가 태어났다.

10

현수는 진료실에 문을 열고 들어오는 교복 입은 해민에게서 잠깐 하준을 겹쳐본다. 자신이 들어온 것을 보고도 아무 말이 없는 현수에 해민이 멀뚱히 서 있다.

"아, 여기 앉아. 니가 도영이 친구 차해민?"

현수가 퍼뜩 정신을 차리고 해민에게 말을 건넨다.

"네. 홍도영이 뭔 얘기 했어요?"

묘하게 뾰루퉁한 해민에 현수가 웃는다.

"도영이랑 싸웠니? 왜 이렇게 화가 났어."

해민이 입술에 꾹꾹 힘을 줘 일자로 만든다.

"아니거든요."

어린 목소리에 현수는 웃음을 꾹 참는다.

"도영이랑 진짜 닮았다."

"뭐라고요?"

앙칼진 해민의 목소리에 현수는 웃음을 실실 흘리며 말한다.

"속으로만 생각하려고 했는데 나와 버렸네. 미안."

해민이 머릿속으로 욕을 한 번 읊으며 무릎 위에 깍지를 끼고 올려둔 손에서 살포시 오른손 중지를 꼿꼿이 세워본다. 현수는 어떻게 봤는지 해민의 손을 보며 크게 웃음을 터뜨린다.

"야. 너 지금 욕하는 거냐?"

해민이 황급히 손을 다시 똑바로 무릎 위에 둔다. 아, 아니거든요.

현수는 해민에게 계속해서 장난을 걸고 있는 와중에 해민의 손톱 주변이 다 파헤쳐져 있는 모습을 정확하게 본다. 아프겠네. 현수가 생각한다. 이번에는 정말 속으로만 생각한다. 입 밖으로 꺼내지 못하고.

"도영이 말로는 담배도 피운다던데. 진짜야?"

에이씨, 홍도영. 해민이 고개를 돌린 채 입으로 중얼거리고는 고개를 끄덕인다.

"왜 피냐?"

해민이 머뭇거리다가 말한다. 그냥요.

현수는 어린 얼굴에서 나온 그 말을 듣고 갑자기 황급하게 진료를 끝내려는 듯 해민에게 대충 수면제를 처방해준다.

"뭐 어쨌든, 그래서. 잠을 잘 못 잔다고? 아직 어리니까 수면제 약한 걸로 줄게. 그거 먹고 자. 일주일에 한 번씩 오고."

해민은 대답 대신 의자에서 박차고 일어나며 애매한 각도로 고개를 숙인다.

현수와 해민의 첫 만남이었다.

11

해민과 도영이 고등학교에 입학했다. 해민은 그동안 고맙게도 도영이 강요하다시피 했던 병원에 꼬박꼬박 다녔다. 그냥저냥, 늘 시간만 때우고 대충 수면제를 처방받는 순서의 무의미한 진료지만 이 사실을 모르는 도영은 해민이 호전되고 있다고 믿었다. 문제는 현수가 신경쓰지 못한 해민의 강박 사고와 강박 행동이 심각해졌다는 것이다.

해민의 옷, 수건, 가끔은 책에서도 작은 핏자국이 보인다. 해민은 그 핏자국들을 쩌려보며 더 맹렬하게 손톱 주변을 뜯는다. 혼자 있을 때면 해민은 그랬다. 그만두고 싶어도 그만둘 수 없었다. 자신을 괴롭히지 못해 안달이 난 것이다. 무엇이 해민이 그런 행동을 하도록 만드는지 모른다. 해민은 자신의 감정도 잘 모른다. 제대로 표현해 본 적이 없기 때문이다. 감정은 비로소 표현으로 완성되기 마련이다. 그런 의미에서 해민의 감정은 아직 완성되지 못했다.

해민과 도영의 학교에서는 여름방학을 하고, 보충수업이 시작되었다. 해민과 도영은 하루에 한 번씩 빼먹지 않고 방학에 등교가 웬 말이냐며 자신들의 운명을 한탄했다.

그런데 해민이 이틀째 학교에 나오지 않는다. 도영은 보충수업이 시작된 지 일주일도 지나지 않았는데 벌써 결석을 하는 해민을 한 대 때려줘야겠다고 생각한다. 도영이 보충수업이 끝나기 무섭게 부랴부랴 가방을 싸서 해민의 집으로 출발한다.

해민은 어머니와 단둘이 살고 있었는데, 은행에서 일하시는 어머니마저 작년에 다른 지역으로 발령이 나는 바람에 주말에만 집에 계셨다. 혼자 사는 것이나 다름이 없는 해민은 자꾸 집에 찾아오는 도영이 귀찮아서 그냥 도어락 비밀번호를 알려줬다. 어머니가 집에 계시는 주말에는 절대 비밀번호를 누르지 말고 초인종을 먼저 누르라는 당부도 함께. 도영은 해민에게 문자를 남긴다.

'나 지금 니네 집 가고 있는데 먹고 싶은 거 있으면 말하셈. 사 갈게.'

답장이 없는 해민에 도영이 혼잣말한다.

"차해민 맨날 내 문자 씹어."

도영이 대충 슈퍼에서 과자 몇 봉지와 커다란 알로에주스 하나를 사서 해민의 집 앞으로 간다.

자연스럽게 도어락 비밀번호를 누르고 집 안으로 들어간 지 10분 뒤, 도영은 눈물을 쏟으며 현수에게 전화를 건다.

"사, 삼촌. 어떡해. 해민이 어떡해. 해민이가 이상해."

"도영아. 무슨 말이야? 좀 진정해 봐."

현수는 해민이 숨은 쉬는데 어떻게 해도 잠에서 깨지 않는다고 숨을 헐떡이며 말하는 도영을 진정시킨다.

"일단 해민이 깰 때까지 옆에 있어 줘. 응. 죽은 거 아니야. 숨 쉬지? 그냥 자는 걸 거야. 조금만 기다려 봐."

현수의 말에 휴대폰 너머로 고개를 끄덕인 도영은 해민이 누워 있는 침대에 걸터앉는다. 도영이 놀란 가슴에 눈물을 방울방울 떨어뜨린다.

12

도영은 현수의 말에 안심했는지 곧 눈물을 그치고 거실에 나가 식탁에 올려뒀던 과자와 주스를 꺼내 먹는다. 눈물로 빠져나간 기력을 보충한 도영이 해민 몫의 과자와 주스를 냉장고에 넣어두고 다시 해민의 방으로 향하다가 텔레비전 앞의 탁자에 놓인 노트 한 권을 발견한다.

노트를 집어 들고 해민의 방에 들어간 도영은 여전히 잠에서 빠져나오지 못하고 있는 해민의 눈앞에 노트를 흔들며 소곤소곤 말한다.

"야. 네가 너무 오래 자서 나 심심하니까 이거 좀 읽는다."

노트를 펼친 도영이 중얼거린다.

"오오, 일기장? 내 욕 적혀 있기만 해봐라."

도영이 작은 양심의 가책을 안고 해민의 일기를 읽어 내려간다.

마지막 일기까지 모두 읽은 도영은 잠깐 자신이 무슨 내용의 글을 읽은 것인지 생각하다가 황급히 해민의 일기장을 자신의 가방에 넣는다.

도영에게는 300시간 같았던 3시간이 지나고, 해민이 일어난다. 도영은 해민이 일어나자 너무 반가운 마음이 앞서 해민을 찰싹 때리며 말한다.

"야! 난 너 죽은 줄 알았어. 왜 이렇게 잠이 안 깨나?"

이제야 화색이 도는 도영과 다르게 해민이 도영에게 맞은 부분부터 휘청거리며 무너진다. 도영은 자신이 살짝 친 것뿐인데 쓰러지는 해민을 낯설게 바라본다. 눈은 완전히 풀려 반쯤 뜬 것인지 감은 것인지 알 수 없고, 그 어떤 소리도 들리지 않는 것 같은 모습의 해민이 휘청거리며 쓰러졌다가 다시 휘청거리며 일어난다. 다리에도 힘이 풀리는지 걸어가다가 벽에 부딪히고, 주저앉는다. 도영의 눈에 말랐던 눈물이 순식간에 다시 차오른다.

"야…, 너 왜 그래."

떨리는 목소리로 도영이 말한다. 해민은 도영에게 알아들을 수 없는 발음으로 무어라 말을 한다. 정신도 없으면서 자꾸 걸어 다니던 해민이 다시 침대에 눕는다. 도영을 본 건지 못 본 건지 평온한 얼굴로 다시 잠이 든다. 도영이 해민의 집에서 도망치듯 나온다. 도영은 마약을 해 보지도 않았고 할 생각도 없지만, 해민을 보며 마약을 하면 저런 모습일 것 같다고 생각한다. 도영은 해민에게 공포를 느꼈다. 다행인지, 고등학생 홍도영은 겁이 없었고, 자신의 친구인 해민이 정말로 이렇게 미쳐버릴까 봐 그냥 둘 수 없었다.

다음 날 아침, 도영이 뻔뻔하게 교실에서 친구들에게 둘러싸여 웃고 있는 해민을 노려본다. 해민이 도영의 시선을 느끼고 활짝 웃으며 도영에게 인사한다.

13

해민이 병원에 가서 벌써 수면제가 다 떨어진 것에 대해 어떻게 설명해야 할지 고민하고 있다.

'약을 쏟아버렸어요. 아니다. 그냥 잃어버렸다고 하는 게 더 나은가? 아, 진짜 뭐라고 말해. 혼나기 싫은데.'

해민은 병원에 들어서서 접수하고 차례를 기다리면서 현수에게 약을 잃어버렸다고 말하기로 한다. 이름이 불리고 해민이 진료실에 들어간다.

"차해민."

화가 난 현수의 모습에 해민의 머릿속이 하얘진다. 해민은 현수의 책상 옆에 있는 의자에 앉는다. 현수가 해민을 뚫어지게 바라보며 말한다.

"너 수면제 한 번에 다 먹었지?"

해민은 입술을 말아 물고 바닥을 본다. 속으로 도영의 얼굴을 떠올리면서. 이거 홍도영이 다 말한 거 아니야?

"진짜 죽으려고 그런 거야?"

현수가 단도직입적으로 묻는다. 해민이 눈을 몇 번 깜빡이다가 고개를 도리도리 젓는다.

"그럼 왜. 그 위험한 짓을 왜 했어. 너도 알잖아, 그러면 안 되는 거. 알아 몰라?"

알아요. 무언가를 참고 있는 것 같은 현수의 말에 해민이 작게 말한다.

"왜 그랬어, 해민아."

현수의 물음에 해민은 혀로 입술을 한 번 쓸고 다시 한번 입술을 말아 문다. 현수는 해민을 기다린다.

"그냥, 그렇게 하고 싶었어요."

현수의 인내심이 허락한 정도의 기다림은 겨우 '그냥'이라는 대답을 받아낼 뿐이다. 이번에도. 현수가 고개를 끄덕이고 말한다.

"… 알았다."

현수는 자괴감에 휩싸였다. 자신에게 분명 그냥, 이라고 말한 열여덟 살짜리가 과거에 또 있었음을 상기시킨다.

현수는 더는 자신이 과거에만 갇혀 있을 수는 없다는 것을 알았지만 해민이 병원에 온 날이면 이불을 덮어쓰고 암흑 속에서 죄책감에 몸부림친다. 해민에 대한 죄책감인지, 하준에 대한 죄책감인지 알 길은 없다. 현수는 잠드는 것에 공포를 느낀다. 아픈 표정으로 '그냥'이라고 말하는 해민이 꿈에 나올까 봐. 댐에 난 구멍을 한 손가락으로 막듯이 눈물을 참으며 '그냥'이라고 말하는 하준이 그 옆에 있을까 봐. 방 안에서 째깍거리는 시계 소리가 현수의 귀에 거슬린다. 현수가 다짐했다.

'내일은 꼭 저 빌어먹을 시계를 다시 떼 버려야지.'

14

날씨가 선선해지고, 단풍이 물들기 시작했다. 도영은 오늘도 자신이 해민의 집에서 홧김에 가져와버린 해민의 일기장을 현수에게 보여 줘야 할지, 말아야 할지 고민한다. 도영이 긴 고민 끝에 일기장을 현수에게 보여주기로 결정한다. 도영이 아는 해민은 절대 그 일기장에 있는 것들을 현수에게 다 말하지 못할 것이기 때문에. 말하지 않으면 안 되는 것이기 때문에. 도영은 마음을 굳히고 곧바로 현수에게 연락한다. 어, 외삼촌. 난데.

"그, 해민이 일로 말할 게 있어서. 오늘 안 바쁘면 만날 수 있으려나?"

현수는 꽤 오랜만인 도영의 연락에 들떠 하며 두 시간 후에 도영의 집에 도영을 데리러 가겠다고 말한다.

현수가 도영과의 전화를 끊고 생각한다.

'차해민, 이 짜식. 부럽다, 부러워. 우리 도영이 같은 친구도 있고. 내가 하준이에게 도영이 같은 친구였다면 좋았을 텐데……'

현수는 고개를 도리도리 저으며 생각을 떨쳐내고 차 키를 챙겨 밖으로 나간다.

도영을 데리고 카페에 간 현수는 도영이 좋아하는 당근 케이크를 홀 사이즈로 사 들고 테이블에 앉는다.

"그래서 할 말이 뭔데?"

포크를 도영의 손에 쥐여주며 현수가 말한다. 도영은 포크를 꽉 쥐더니 무언가 단단히 결심한 듯 가방에서 해민의 일기장을 꺼낸다. 현수는 손을 뻗어 도영이 건네는 노트를 받아 펼친다.

현수가 말없이 해민의 일기를 읽는다.

「05월 17일

나는 왜 이럴까? 엄마가 내 손을 보고 이렇게 말했다.

"좀 뜯고 싶어도 참아봐. 그것도 일종의 자해잖아. 그 시계 소린지 먼지 들리면, 아니 생각나면 다른 걸 해서 그 생각을 지울 수도 있고. 운동이나, 독서 같은 거. 다 의지의 문제 아니겠니?"

엄마의 말대로 내가 겪고 있는 게 정말 의지의 문제일까? 그럼 잠을 못 자는 것도, 생각하기 싫은 게 자꾸 생각나는 것도, 내가 나를 아프게 하는 것도 다 내 잘못일까? 만약 내 잘못이라면 나는 어떻게 용서를 구할 수 있을까? 누구에게 용서를 구해야 할까? 아니면 그냥 내가 정신병자라서? 손가락이 너무 따갑다.

05월 28일

확실하게 알아낸 것. 나는 공부를 하거나, 숙제를 하거나, 과제를 하거나 뭐 하여간 그럴 때 머릿속에 자꾸 시계 소리가 들리고 손을 뜯는다. 그리고 요즘에는 손이 아니라 머리카락을 뜯기 시작했다. 진짜 그만하고 싶다. 왜 내가 그만하고 싶은데 그만할 수 없는 거지? 그만하고 싶으면 그만하면 되는 거 아닌가. 눈 떠 있는 것만으로 지친다. 내 행동이 내 통제를 벗어났다. 그냥 자버리고 싶은데 잠도 안 오고, 일단 더 중요한 건 내일 수행평가 제출일이다. 진짜 죽고 싶다.

05월 29일

어제 죽고 싶다고 한 거 취소. 내가 죽으면 홍도영이 너무 슬퍼할 거다. 불쌍한 홍도영. 걘 내가 이 정도로 심각한 정신병자라는 거 알고 있을까? 나 같으면 나랑 친구 안 해.

06월 16일

그놈의 시계 소리. 괜찮다가도 한번 시계 소리가 생각나면 거기에 사로잡혀서 아무것도 못 하겠다. 머릿속이 째깍거리는 소리로만 가득 차서 다른 건 들어올 틈도 없어지는 건가? 몰라. 아무튼 이제 곧 기말고사인데 오늘도 책상 앞에 앉아서 머리카락만 뜯어 냈다. 이게 다 시계 소리 때문이다. 의사쌤이 준 약은 도대체 언제 들어먹지? 점점 성격이 나빠지는 것 같다.」

해민은 일기를 쓰면서 자주 울었다. 해민의 일기장에는 해민이 자신의 몸을 아프게 한 흔적인 핏자국과 눈물 자국이 가득했다. 현수가 이미 말라붙은 눈물 자국을 손으로 문지른다. 아팠겠구나.

도영은 앉은자리에서 눈물을 꾸역꾸역 참으며 홀 사이즈의 당근 케이크를 다 먹어치운다. 현수는 노트를 덮은 후에도 아무런 말이 없다. 현수의 머릿속이 또 시계 소리에 구속된다. 도영이 부스러기도 남지 않은 케이크 판을 보며 현수를 기다린다. 20분을 정적 속에 기다렸을까, 도영은 해민의 일기장을 낚아챈다.

"외삼촌. 나 다 먹었어. 할 말도 이게 다고. 그리고 이건 해민이 돌려줘야 되니까 내가 다시 들고 갈게."

갑자기 현실로 돌아온 현수가 도영의 말을 듣고 고개를 느리게 끄덕이며 말한다.

"…그래. 이제 일어날까? 집에 데려다줄게."

도영이 심각한 현수의 표정에 장난스럽게 말하며 분위기를 푼다.

"그래! 일어나자, 좀! 그리고 외삼촌, 왜 벌써 집에 데려다준대. 나 아직 먹고 싶은 거 많은데? 나 오늘 외삼촌 지갑 텅텅 비울 거야."

현수가 도영의 뒤통수를 손바닥으로 감싸며 톡톡 친다. 성장기라지만 심하지 않나.

15

현수는 해민의 일기장을 보고 진심으로 해민을 치료해주고 싶다고 생각한다. 그래서 오늘은 상투적인 수면제 처방으로 끝내지 않고 용기를 낸다.

"해민아. 손 안 아파?"

현수가 한층 더 상처가 짙어진 해민의 손을 보며 말한다. 해민이 급하게 손을 주머니에 감춘다. 현수는 아랑곳하지 않고 말을 이어간다.

"다섯 손가락. 너 중학생 때는 검지만 그랬는데. 이제 뭐 더 건드릴 데도 없어서 어떻게 해?"

신랄하다. 현수는 속으로 현수를 재수 없다고 욕하며 말한다.

"몰라요."

"내가 다 아파서 그래. 이제 우리 아프지 좀 말자."

현수는 진심이었다. 해민이 오른손으로 왼손 엄지를 잡고, 검지로 엄지손톱 옆의 살을 살살 긁으며 눈을 감는다. 쌤.

"혹시 지금 시계 소리 들려요?"

해민의 뜬금없는 질문에 현수가 놀란 얼굴을 한다. 시계 소리?

"계속 귀에서 째깍째깍 소리가 들려요."

해민은 담담하게 말한다. 담담한 어조와 표정과는 상반되게 해민의 손톱은 점점 더 강하게 살을 파고든다. 현수는 도영이 보여준 해민의 일기장을 통해 해민의 귀에 울리는 시계 소리를 눈치채고 있었다. 다만 이렇게 벌써 해민에게서 이야기를 직접 들을 거라고는 생각하지 못했기에 당황스러운 표정을 짓는다. 해민은 새삼 왼손 엄지손톱 옆의 살이 무척이나 아프다고 생각한다. 역시 쌤도 내가 이상하다고 생각하나 봐.

"… 잘못했어요. 그냥 못 들은 걸로 해주세요."

해민은 현수에게 사과해야만 할 것 같은 기분에 이렇게 말한다. 현수는 해민의 말에 가슴이 미어지는 기분을 느낀다. 해민에게 하는 사죄인지, 하준에게 하는 사죄인지 현수가 중얼거린다.

"아니. 아니…. 내가 미안해."

고개를 푹 숙인 채로 한참을 있는 현수에 해민이 눈치를 보다가 묻는다.

"저, 이제 갈까요?"

해민의 물음에 현수는 퍼뜩 고개를 들고 말한다.

"해민아. 고칠 수 있어. 그거 낫는 병이야. 걱정하지 마. 니가 이상한 게 아니야."

현수가 가장 괴로운 표정으로 과거를 벗어나기 위한 날갯짓을 시작한다.

현수는 하준이 죽은 뒤로 자신에게 들리던 그 교실 벽의 시계 소리를 자발적으로 떠올리며 해민에게 질문한다. 속박이 아니라 자유로 시계 소리를 생각한다.

"언제부터 그랬어?"

"사실 좀 됐어요. 그 소리 들릴 때마다 저도 모르게 자꾸 손을 뜯는 것 같아요."

"그러니까 그 째깍째깍거리는 소리가 실제로 들리는 거야?"

"아니요. 그건 아닌 것 같은데."

"환청은 아니라는 거구나."

"네. 근데 지금도 들려요."

"음, 머릿속에서 맴도는 거니?"

"네. 자꾸 생각나요."

"생각하지 않으려고 해도?"

해민이 마지막으로 그렇다고 대답하면서 한 번 더 머릿속의 시계를 지우려고 노력해 본다. 잠깐의 고요가 흐른다. 해민에게는 완벽한 고요가 아니었겠지만.

"…그거 진짜 힘든데."

현수는 어떤 생각을 떠올리지 않으려 애써도 떠오르는 그 느낌을 잘 알고 있다. 자신의 머릿속인데도 자신의 통제 밖인 그 느낌. 해민은 현수의 말을 듣고 눈물을 삼킨다. 누군가에게 공감을 받아서 나는 눈물이기도 했지만, 일단 해민은 정말로 너무 힘들어서 울 것 같았다. 다 헤쳐져 피가 흐르는 손이 아파서도 아니고, 시계 소리가 끔찍한 소리여서도 아니다. 스스로가 자신을 통제하지 못한다는 사실을 인지함으로써 이루어지는 자책, 자조, 슬픔, 절망.

해민이 먹는 약이 조금 늘었다. 현수도 오늘은 수면제를 먹고 잠자리에 든다.

16

현수는 해민에게 수면 장애, 강박 장애, 충동조절 장애, 그리고 중독이라는 진단을 내린다.

"와. 저 완전 걸어 다니는 정신병원이네요."

해민은 정말 우스운지 킬킬대며 말한다.

"사실, 이 정도는 다들 가볍게 가지고 있는 경우도 많아. 다들 눈치를 못 채는 거지. 겉으로 드러나지 않으니. 너 같은 경우는 손가락을 죄다 조져놔서 다 보인 거고."

해민이 머쓱한 표정으로 손가락을 본다.

"그리고 내가 너 담배 끊으라고 했지. 도영이가 너 아직도 담배 피운다고 노발대발하더라. 그거 썩은 동아줄이야. 담배로 스트레스 풀면 나중에 더 큰 일 생겨. 그것도 네 몸을 네가 망치는 일이니까. 이젠 금연 클리닉까지 다니고 싶냐?"

해민이 현수의 타이름에 설마 진단명 중에 그 중독이라는 게 흡연 중독이라는 것인지 잠깐 생각한다.

"아, 쌤. 저 오늘도 학교에서 금연교육 받고 왔거든요."

해민은 뭐가 웃긴지 다시 웃는다. 현수가 그런 해민에게 진지한 표정으로 말한다.

"나를 아프게 하는 해방으로는 자유를 누릴 수 없다. 외워. 외워야 보내준다."

"나를 아프게 하는 해방으로는 자유를 누릴 수 없다! 나를 아프게 하는 해방으로는 자유를 누릴 수 없다! 다 외운 것 같아요, 쌤."

현수가 만든 구호를 힘차게 외치는 해민은 '그런' 병을 가지고 '그런' 데를 다니는 사람이 아니라 그저 아픔이 낫는 중인 행복한 사람이었다. 현수는 속으로 미소를 지으며 해민보다 더 크게 외친다.

"좋다! 세 번 더!"

18

해민과 도영이 고등학생이 된 지 벌써 1년하고도 두 달 정도가 지났다. 열여덟의 해민과 도영이 수학여행을 가는 버스 안에서 이어폰을 나눠 끼고 노래를 듣는다.

'You're ripped at every edge but you're a masterpiece. (넌 모든 면이 갈기갈기 찢어졌지만 명작이야)'

도영이 좋아하는 노래의 가사이다. 해민은 도영의 플레이리스트에 담긴 노래를 들으며 고개를 박자에 맞추어 까닥인다. 가끔은 작게 따라 부르기도 한다.

"야, 야. 거기 도착하면 가방검사한대. 빨리 숨겨!"

"어디 숨기지? 아씨, 오늘 소지품 검사 안 한다매."

여러모로 시끌벅적한 수학여행 버스에서 해민이 한 마디 던진다.

"아, 니들 담배는 빨리 끊어라. 금연 클리닉 그거 힘들다."

해민에게 향하는 친구들의 야유에 도영이 박장대소한다.

19

계절은 여전히 부지런히도 찾아왔다. 겨울도 예외는 아니었다.

하준의 기일, 현수는 하준을 찾아가 하준의 사진 앞에 작은 수국 꽃다발을 놓고 하염없이 울었다. 19년 만에 만나는 하준이었다. 그날의 시계 소리를 잊기 위해 발버둥 쳤던 지난 세월을 담아 울었다. 현수는 하준이 죽은 날부터 하준과 함께 18살에 멈춰 있었는지도 모른다. 이제는 다시 조금씩 자라날 때라고 느꼈다.

"어때, 정하준. 나 이제 좀 어른 같냐?"

"…."

"나 안 죽고 살아 있어서 다행이다."

"…."

"나는 살아야지. 살아서 너한테 죽을 때까지 말해야지."

"…."

"고맙고 미안하다고. 우리가 아직 보지 못한, 어른이 된 나와 너를 보여주겠다고."

현수는 하준과 처음으로 제대로 된 대화를 한 것 같은 기분이 들었다. 하준도 그럴 것이다.

세 번째 감각

嗅

우리는 모두 마르셀 프루스트의 홍차에 적신
마들렌 같은 무언가를 가지고 있다.

향의 인연

―― 김민주

향은 어떠한 기억을 불러내기에 가장 좋은 매개체라고 누군가가 말하는 것을 들은 적이 있다.

누가 말했는지, 어디에서 들었는지조차도 기억나지 않지만 지금에서야 마음속 깊숙이 닿아오는 말이다.

사실 예전이었다면 이 말이 별로 와닿지 않았을 것이라 확신한다. 그저 그런가 보다 하고 넘겼을지도 모르고, 아무 생각도 없이 스쳐지나갔을 말이었을 것이다.

하지만 내 인생을 크게 바꿔놓은 일이 일어난 이후의 지금의 나는 떠오르는 사람이 생겼다.

또 이어서 떠오르는 기억이 하나 있고, 그에 따른 추억이 하나, 하나, 또 하나. … 셀 수 없을 만큼, 다 기억하지 못 할 만큼의 잊지 못하고 가치도 매길 수 없을 것들을 나는 가지고 있다.

나는 나의 가장 소중했던, 너를 잃었다.

얼마나 되었는지는 기억나지 않는다.

어쩌면 기억하고 싶지 않아서일지도 모른다.

그렇게 나는 너를 잊지도 잃지도 못한 채 이렇게 살아가고 있다.

잊지 못할 너를, 잊을 수 없는 너를 나는 기억한다.

아프고 아려서 떠올리기도 싫은 그날을 되뇌이고 되뇌어 아릿하게 기억나는 것은 그날이 매우 추웠다는 것.

그날 이후의 나는 같기만 한 것 같은 날들을 보내지만 네가 있던 날과는 전혀 다른 하루하루를 보내고 있다.

그저 너를 그리고 그리며 너를 앓는 일 외에는 하지 않던 날들만 지내온 내게 네가 나를 떠난 이후의 날들 중 완전하게 기억에 남는 날은 딱 하루.

그날의 나는, 네게 정말 어울리지 않는 액자 속에 들어가 있는 너를 보았고, 너에게는 전혀 어울리지 않는 꽃들이 널 둘러싸고 있는 걸 내 두 눈으로 보았고, 내가 널 위해 주리라고는 생각도 하지 못했던, 그 순백의 꽃을 너에게 쥐어주었다.

처음에는 하나도 믿기지 않았다. 그저, 그저 멍했다. 너의 사진을 보며 서 있던 나는 너에 대한 기억들 외에는 아무런 생각도 나지 않았다. 네가 죽었다는, 이 세상에서 사라졌다는 사실만을 듣고 있는데도 그 말을 한 모든 사람들의 언어들 중 단어 하나도 믿기지 않았다. 네가 당장이라도 다시 내게 달려와 오늘은 어디 갈까, 뭘 하고 놀까, 같은 말들을 하며 평소와 같은 대화를 하고 서로 좋아하는 것들을 공유하고 하루 동안 있었던 기분 안 좋은 일들을 서로에게 털어놓기도 하는 그런 시간들이 있을 것만 같은데 이제는 그럴 수 없다니. 네가 내 곁에 없다는 그 말은 나를 망가트리기에 충분했다. 내가 이전처럼 살아가지 못하게 만들기에 매우, 충분했다. 하지만 시간이 지나면 지날수록, 내게서 네가 사라져 만들어진 허공이 심장을 파고들 것처럼 느껴질수록, 내가 너에 대한 그 믿지 못할 사실들을 천천히 잠식되듯 깨닫게 되었고, 그날 이후로는 그날에 가진 감정과 생각에 잠겨 그날 외에는 기억에 남지 않는다. 마치 그날이 어제였던 것만 같은, 그런 느낌이다. 현실의 시간은 그 이후로 몇 달이나 지났는데, 나의 시간은 하나도 흐르지 않은 듯한 그런 기분이다. 그 이유는 당연하다시피 네가 내게 큰 사람이었기 때문이겠지. 내 인생의 가장 큰 비중을 네가 차지하고 있었다. 사실은, 과거형이 아닌 지금도 그런 현재형이지만. 나의 소중했던 너는 내가 살아온 18년의 인생 중 반 이상을 함께 했고 그만큼 나눈 추억과 기억과 잊지 않을, 그리고 잊지 않으려 매일을 곱씹던 하루들이 많았던 사람이었다. 너는 나의 가장 가까운 사람이었고 내가 가장 좋아하는 사람이었다. 지금도 너는 나에게 그런 사람인데, 내 곁에 네가 있지 않아서, 그 상실감으로 인해 나는 망가지고 무너지고 속이 문드러지고 있었다.

우리는, 항상 서로의 곁에 있고 그것이 당연한 듯 굴었다.

"그래서 오늘 우리 뭐할래?"
"평소랑 똑같지 뭐."

이렇게 서로에게 너무 익숙했고 그 일상이 바뀌지 않을 거라 확신해 왔던 우리였는데, 네가 내 인생 속, 존재에서 부재가 되었다. 그것이 사실이라는 것이 내게 너무 큰 상실감이었다. 사실은 아직도 난 그게 거짓말이라고, 장난이었다고, 모두가 나에게 거짓을 고하는 거라고 생각하고 싶고, 그러길 바란다.

그렇지만 그게 사실이라는 말만 내게 돌아왔다. 불특정 다수의 사람들이 나를 향해 왜 진실을 마주하지 못하냐는 말을 한다. 그저 잊으라는 말만 반복한다. 그게 쉬웠다면 내가 이러고 있었을까. 그게 힘들어서 이러고 있는 건데. 애초에 나는 너를 잊고 싶지 않은데…. 나는 믿고 싶지 않았고 여전히 믿지 않는다. 내 마음속 너는 아직 살아 있는데, 여전히 살아서 내게 아침마다

"잘 잤어? 같이 학교 가야지, 나와."

하던 네가 있는데. 어떻게 네가 사라졌다는 것을 믿을 수가 있을까.

언젠가부터 너를 떠올리면 씁쓸한 자몽의 향이 코끝에 맴돌았다. 네게서 자몽향이 났던 것도 아닌데, 왜 그랬을까 생각해 보면, 이별의 향이 그런 것 아닐까, 싶다.

씁쓸하고, 뱉고 싶은, 믿고 싶지 않은 사실이라는 것이 터지듯, 물밀려 들어오는 느낌. 그걸 받아들이기엔 너무나 쓴 것이라 당장이라도 다시 내어놓고 싶은, 그런 것. 이별이라는 게, 그러한 사실이라는 게 그렇게 느껴져서 자몽 향 같은 씁쓸함이 내게 맴돈 것이 아닐까 생각한다. 이러한 생각을 하는 것도 너를 생각하는 거란 걸 너는 알까. 나는 아직도 너를 마음에 안고 널 바라보고 닿지 않는 너를 본다. 그게 혹여 허공일지라도, 내가 보이지 않는 곳일지라도 너를 그저 바라본다.

* * *

　…처음에는 네 죽음을 알고 믿고는 싶지 않아서, 굳이 떠올리고 싶지 않았다. 몇 번을 외치고 되뇌어도 돌아오지 않을 너임을 알기에, 속으로만 네 이름을 삼켰다.

　네가 이 세상에서, 내 눈 앞에서 사라진 날 너를 잃은 나는 아무것도 믿고 싶지 않았고 듣고 싶지도 보고 싶지도 않았다. 한참 그렇게 살았고 나는 내 자신이 내가 아니라고 느낄 정도로 망가져 있었다. 너를 한 번이라도 더 안아줄 걸, 한 번이라도 더 말을 건네 볼 걸, 너를, 한 번이라도, 더 만날 걸. 네 손을 한 번 더 잡고 웃어주며 예쁘기만한 말들을 나누고 함께 더 많은 곳을 갈 걸, 하는 생각들이 나를 지배해서 너의 모습이 잊히지가 않아서 너를 보고 싶어서 만나고 싶어서 네가 돌아오길 바라서 아무것도 할 수 없었다.

　네가 떠나고 남은 내가 할 수 있는 건 그저 너와의 추억을 돌아보고 네가 있는 기억들을 하나하나 다시 떠올리고 그 기억에 잠겨 살고 네가 남기고 간 물건들을 가지고 널 다시 생각하고 아파하고 그리워하는 것뿐이었다. 너를 마음속에 품고 밖으로 꺼내는 것도 힘들어 그저 속으로만 네 이름을 부르는 게 내가 하는 일이었다.

　그렇게 살아가던 어느 날, 정말 평소와 다를 거라고는 단 하나, 네 물건 하나 찾아본 평범한 날들 중 하루였다.

　네가 내 시야에서 보이지 않고 닿지 않게 된 날 이후로 가지고 온 네 물건들이 담긴 상자를 열어보았다. 보자마자,

"… 시은이 생각난다."

그날 이후로 꺼내지 않았던 네 이름이 절로 나왔다. 더해서 네가 생각난다는, 숨겨둔 말과 보고 싶다는 생각들이 나를 익사시키듯 덮어버렸다. 바로 앞에 네가 있는 것처럼, 느껴져서, 무의식이었는지 네 물건들을 굶주린 사람이 먹을 것들 뒤지듯 네 물건이 담긴 상자를 뒤적이다 네 담요를 건드리자, 그러자 네 향이 피어올랐다. 네 향이 피어오르고 내 주변을 감싸자 네가 떠올랐고, 마치 네가 보이는 것만 같은 착각을 줬다. 그래서 네 물건에, 네 향에 더욱 집착했고 너만을 생각하며 잠에 들고 얼마나 잔지도 모른 채 일어나고 또 다시 너를 생각하고…….

그렇게, 그렇게 살았다. 그렇게 네 물건을 옆에 끼고 살고, 그 향을 맡으며 착각으로, 허상이 보인다고 생각하며 너의 형체를 바라보고.

그런데 착각이 아니었나보다.

네 향을 맡으면 네가 내 앞에 나타난다는 게, 착각인 줄로만 알았는데. 네 향이 내게로 닿아올 때면 네 모습도 함께 닿아왔다. 그 뿐만이 아니라 너의 형체를 한 그것은 내게 말을 걸기도 했으며 나와 함께했던 길을 걷기도 했다. 마치 네가 내게로 돌아온 것처럼 그렇게 굴었다. 내가 너라고 생각하는 그것을 향해 나는 말을 걸고 대화를 하고 너를 잃고 함께 잃어간 웃음을 다시 되찾았다.

처음에는 이 일이 정말 믿기지 않았고 내가 너를 너무 그리워해서 네가 잠시 환각으로 보이나, 생각했다.

다른 사람에게 네 향을 맡으면 네가 내게로 온다는 말을 하면 다들 나를 이상한 사람 취급을 했다.

다들 내가 너를 너무 그리워해서 다시 만나길 바라서 환각으로 널 본다고 말했다.

아니야, 아닐 거야, 네가 이렇게 내 앞에 선명하게 날 바라보고 있는데? 네 목소리가 내 귓가에 울려 퍼지는데 네가 내게로 온 게 아니라고?

믿기지 않았다, 아니 믿기 싫었다. 그냥, 날 시기해서 그런 거라고 생각하고 싶었다. 내가 부러우니까, 잃은 사람을 다시 되돌려 받은 것 같은 내가 신기하고 자신들은 그럴 수가 없으니까. 나는 네가 내게로 왔다고, 신이 내게 선물을 준 거라 생각하고 싶었다. 나는 너를 그렇게 여기고 날이 갈수록 점점 네 향이 내게 오게 하지 않으면 안 될 정도가 되었다. 네 향은 내게 네 기억을 떠올릴 수 있게 하는 가장 좋은 매개체였기 때문에, 내가 너를 더 볼 수 있게 했고 너에 대한 그리움을 잠시라도 지울 수 있는 시간을 주었다. 너를 실제로 볼 수 있게 해주었다.

진한 향이 나를 덮을 때면 네 형상이 진해지고 우리는 평소처럼,

"오늘은 어디 갈까?"
"우리 항상 가던 카페 있잖아, 거기 가자."

같은 말들을 하며 지냈다.

우리는 네가 죽기 전의 평소처럼 함께 학교도 다니고, 수업도 듣고, 웃고 떠들며 정말 다시 네가 돌아온 것처럼 굴었다. 네 향이 강해질수록 너와 쌓아갈 수 있는 경험이 늘었기에, 그렇게, 그렇게 나는 점점 더 네 향에 집착하게 되었다.

어디를 가도 네 향을 항상 가지고 있었고 네 향이 사라지면 불안

에 떨었다.

　네가 내게서 사라지는 것이 무서웠다.

　정확히는 네가 내게서 또 다시, 사라지는 것이, 두려웠다. 또, 너에 대한 두 번째 이별을 맞고 싶지 않았다.

　하지만 향은 일시적인 것, 사라지기 마련이다.

　네 향이 흐릿해지는 물건을 가지고 있을 때면 네 모습도 흐려졌다. 금방이라도 네가 다시 사라질 것처럼, 그렇게 보였다. 불안했다. 무서웠다. 두려웠고 다시 네 향을, 그리고 너를 찾기 시작했다. 네가 가졌었던, 네 자취가 남아 있는 물건들을 더욱 찾기에 바빴다. 그중에는 네가 평소 들고 다니던 향수, 다이어리, 담요 … 그런 것들.

　특히나 향수는 네 향이 만연했기 때문에, 네 모습이 제일 선명하고 네 목소리가 제일 뚜렷하고, 네 모든 것들이 다 보이는 듯했다. 그래서 내가 쓰던 향은 모두 가리고, 네 향만을 사용했다. 그때는 행복했지. 네 모습이 가장 뚜렷했기 때문에, 네 죽음은 까마득히 잊어버릴 만큼, 나는 그랬다. 네 향수를 뿌리고 나가면 너와 함께 걷고 대화하며 우리가 걸었던 거리를 걷고 함께 갔던 카페를 들리고 좋아하던 영화를 같이 보고 좋아하는 음악을 같이 듣고 좋아하던 책을 같이 읽고 함께 자주 가던 장소를 더 자주 들렀다. 네 향수를 쓰면 쓸수록 줄어가는 향수의 양을 보면서 나는 덜컥 겁이 났다. 혹시 이 향수가 다 사라지면 네가 다 사라지는 게 아닐까 하고. 그래서 다른 네 물건에 네 향수를 뿌리면서까지 네가 내 곁에 좀더 오래 머물도록 했다. 그렇게 하니 너는 내 곁을 줄곧 지켰다. 정말 너처럼, 네 형체가 아닌 마치 정말 네가 있는 것처럼 너에게 집착하고 네 모습이 보이지 않으면 향수를 주변 곳곳에 머리가 아플 정도로 뿌려대며 네 모습을 다시 찾았다. 그렇게 다시 네가 찾아오면 너를 향해 웃고 다시 너와의 대화를 이어나가고 네가 내 곁에 있다는 생각을 품고 널 예전보다 더 아끼고 좋아하고 곁에 두고 안아주고 손 잡아주고 네 말을 들어주고 더 좋은 말들을 네게 주었다. 그렇게 우리는 네가 평소처럼 말을 걸고, 내가 평소처럼 대답하고, 평소처럼 놀려가고, 평소처럼, 내가 생각하던 일상처럼 그렇게 살았다.

그렇게 얼마나 지났지.

네 향에 집착을 하고 매달리며 한 달하고 일주일 정도 지난 지금, 우리에게는 봄이 왔다.

그동안 매일매일 네 흐린 모습도, 거의 보이지 않는 모습도, 웃고 우는 모습도, 다 보았다.

그런데 뭔가 이상했다. 어느 순간 나는 느꼈다.

'왜 우리 둘의 대화가 반복되는 거 같지?'

말 그대로다. 대화의 변화랄 것이 없었다. 매일 같은 말만 반복되었다. 새로운 화젯거리 없이 이야기가 지속되었다. 내가 새로운 말을 하면 너는 엉뚱한 다른 이야기를 하고 그 이야기에 내가 다시 끌려갔다. 네가 사라지기 전의 이야기들만이 반복되는 기분이었다. 이 기분도 처음에는 잘못된 촉이겠지 하며 넘어갔다. 그런데 날이 지나면 지날수록, 어느덧 반년이 지나가면서 그저 잘못된 촉일 거라 여겼던 그 생각이 점점 진실로 내게 다가왔다. 천천히, 또 정확하게 나에게 일깨워주듯 다가왔다. 애써 그것을 무시하고 너와 더 많은 대화를 해나갔다. 그런데 날이 지남에 따라 매일 같은 대화의 반복이라는 것도, 예전의 기억에 있던 말들의 반복이라는 것을 깨닫고 그리고 내가 잊고 있던 기억들을 다시 보여주는 과정 같다고 생각하게 되었을 즈음이었다. 그때의 어느 날, 네가 나에게 말을 걸었다.

"예인아, 언제까지 나 붙잡을 거야?"

그 말을 들은 나는, 당황스러웠다.

내가 너를 붙잡고 있다는 말이 당황스러웠다. 네가 처음으로 다른 말을 한 것도 당황스러웠지만 그런 말을 내게 한다는 것이 너무나 이질감이 들어서. 내가 아는 너는 장난 식으로라도 내게 그런 말을 하는 아이가 아니었다. 그것도 그런 표정으로 날 바라보면서, 그런 말을 하는 아이가 아닌데, 그런 모든 걸 잃은 표정으로 오롯이 내 시선만 마주하며 그런 아픈 말을 내게 던지는 너는 내가 모든 사실을 인정하도록 만들기에 충분했다. 그래, 결국 나는 인정할 수밖에 없었다. 네가 내게서 떠난 것이 명백한 사실이라고. 아무리 내가 부정하려고 해도 이미 일어난 일이며 내가 보고 있는 너는 현실이지만 허상인, 알 수 없는 정체일 뿐이라고. 정말 나와 지냈던 온전한 너는 아니라고. 네가 죽었고 나를 떠났고 나는 혼자 남았고 너를 그저 그리워만 해왔기에 그런 내가 안쓰러워서인지 아파서인지 어떠한 이유에서인지는 몰라도 날 위해서 네가 내가 잊고 있던 너와의 기억들을 내게 보여주기 위해 선물을 주듯 찾아온 것일 뿐이라고. 네가 말해 주지 않아도 나는 아프게도 그 사실을 깨달았다.

너는 이제 가야 한다는 걸.

너를 참 오랫동안 앓았다. 너를 정말 오랫동안 붙잡아뒀다. 너를 보내주지 못한 지난날들을 다시 회상해 본다. 너를 보내지 않으려고 무던히도 노력했던 날들. 너와의 새로운 추억이라고 생각했던 우리가 이미 쌓아왔던 추억들을. 그 반복을 통해 내가 깨달은 모든 사실들과 너에 대한 모든 감정들. 이제는 새로운 확신. 나는 너를 보내줄 수 있겠다. 너를 억지로라도 내 옆에 붙어 있게 하며 지내온 그 48일의 시간 동안 너는 내게 많은 모습을 보여주었다. 48일이라는 어쩌면 짧고 어쩌면 긴 시간 동안 너는 약 10년 정도의 기간 동안 내게 보여주었던 모습을 다시 보여주었다. 심지어 내가 기억하지 못하는 우리의 예전 모습까지. 우리의 옛 기억과 추억들까지 너는 내게 알듯말듯하게 보여주었다. 내가 찬찬히 깨닫고 너에 대한 사실을 인정할 수 있도록 해주었다. 내가 이렇게 너를 잡고 있었단 것을, 인정하게 하는 너는 내가 너를 온전히 놓아줄 수 있게 하였다. 거부감 없이, 큰 아픔 없이. 그렇게.

* * *

현재 시각, 2020년 2월 28일 PM 11시 59분

네가 떠난 지, 정확히 48일인 오늘 너에게 마지막 인사를 하려고 한다. 네가 내게 많은 걸 알려주고, 너를 더 앓더라도 이제는 더 아프지 않게 앓을 수 있게, 그렇게 만들어준 오늘이다.

"시은아, 이제 나 이렇게 더 못 보더라도, 더 행복해야 해."

"당연하지. 예인아, 너한테 내가 보이지 않더라도 나는 늘 네 곁이라는 걸 잊지 말고, 더 나를 아프게 바라보지 않아도 돼. 알지?"

"응, 알지. 그래도 너 생각나면, 종종 찾아갈게. 다른 곳으로."

"너 오면, 그곳에서 기다릴게. 닿지 않아도 나는 너 볼 수 있으니까. 내가 이렇게 사라지는 것처럼 보인다고 해서 계속 나와의 추억에서만 머물면 안 돼. 앞으로 나아가야지, 너는. 그 시간에 머물지 말고, 앞을 향해 나아가. 나 없이도 좋은 추억이랑 기억들 만들어서, 나중에… 아주 나중에 나랑 다시 만나면 꼭 이야기해 줘야 해."

"응, 그럴게. 조심히 가, 시은아. 보고 싶을 거야. 많이 좋아해. 소중한 내 친구니까, 네 말대로 하도록 해볼게. 나, 노력할게. 그러니까 너도 행복한 일들만 가득하자. 알겠지?"

이렇게 우리가 많은 말들을 나누는 동안, 짧기만 한 1분은 지나갔다.

2020년 02월 29일 AM 00시 00분

너의 모습은 점차 흐릿해지고 내게 웃어주는 네 마지막 표정이 비치면서 내게 손을 흔든다. 따라 네게 손을 흔들고 마지막은 울음이 아닌 웃음으로, 너를 보내준다.

네 말대로 너와의 추억에만 머물지는 않을게. 그래도 많이 그리울 거야. 가끔 떠올리는 건 괜찮지, 시은아? 나, 네 몫만큼 좋은 추억을 많이 쌓아서 갈게. 다시 널 만났을 때는 웃으며 행복한 이야기만 나눌 수 있도록, 그렇게 할게.

　　잘 가, 조심히 가, 시은아.

　　…

　　꼭 다시 보자.

잊거나, 잃거나

— 김성은

햇살은 나의 머리를 쓰다듬었고 바람은 내 허리를 감싸안아 춤을 췄습니다. 하지만 하나도 즐겁지 않았습니다.

제가 꽃이었다는 것을 잊어버렸기 때문입니다.

1. 꽃잎만 남겨진 자리

- 온님

2017년 6월 8일

엄마한테 혼났다. 엄마는 내가 뭘 하든 나를 잘 혼내지 않는다. 하지만 오늘은 밥을 남겼다. 엄마의 목소리가 천장에 부딪혔다가 내 귀를 찔렀다. 그래도 엄마가 제일 좋다. 엄마만 집에 있으니까.

대문을 여는 소리가 들린다. 아빠랑 언니는 항상 내게 "안녕하세요."라고 한다. 왜 나한테 존댓말을 하는지 모르겠다. 내가 어른만큼 똑똑해서 그런가 보다!

2017년 6월 10일 날씨: 흐림

오늘은 정말 큰 일이 있었다. 집에 갔는데 엄마랑 아빠, 언니가 아닌, 처음 보는 오빠가 집에 있었다. 그 오빠는 당황했다. 내가 우리 집이라고 얘기하니까 들어오라고 했다. 들어오라 할 사람은 저 오빠가 아니라 난데. 얼마 안 가 아빠가 왔다! 나는 아빠가 멋대로 주인 행세하는 오빠를 혼내줄 줄 알았다. 하지만 아빠는 연신 허리를 구부리며 죄송하다고 했다. 아빠는 날 데리고 서글픈 거리로 나왔다. 우리 집을 두고.

아빠, 어디가?

"아빠, 우리 집 저기잖아. 왜 나와?"

"저기 우리 집 아니야."

"무슨 소리야! 우리 집 가자, 나 피곤해!"

아빠가 갑자기 멈추는 바람에 넘어질 뻔했다. 화를 내려고 올려다본 아빠 얼굴엔 영문 모를 눈물이 뚝뚝 떨어지고 있었다.

"우리 작년에 이사했잖아. 저기 우리 집 아니잖아 엄마! 왜 그래 자꾸."

이상하다. 어떻게 날 보고 엄마라고 하는지 모르겠다. 하지만 처음 보는 아빠의 눈물에, 처음으로 아빠를 안아줬다.

- 무성

2017년 6월 11일

우리 어머니는 치매다. 이제는 나도, 아내도, 내 딸도 알아보지 못한다. 자꾸 나를 아빠라 부르시기에 병원에 갔더니 지금 우리 어머니의 정신연령은 8살이라고 한다. 가끔 멀쩡하실 때도 있는데 정신이 오락가락 하시는가 보다. 어제는 엄청난 일도 있었다. 아내가 잠깐 장을 보러 가는 사이에 어머니가 밖에 나가버렸다. 동네를 2바퀴쯤 돌 때, 전에 살던 집 주인에게서 전화가 왔다. 작년, 어머니 병원 때문에 이사하기 전에 살던 집이었다. 어머니가 거기 있다고 했다. 어머니를 모시고 집에 가는 길에 어머니는 나에게 자꾸 물으셨다. 왜 저 오빠가 우리 집에 있냐고.

"우리 제 작년에 이사했잖아.. 저기 우리 집 아니잖아 엄마! 왜 그래 자꾸."

눈물 때문에 앞이 흐릿해졌다. 엄마는 울지 말라며 안아줬다. 오랜만에 안겨 본 엄마의 품이, 참 작았다.

아침에 일어나 보니 한 숟가락만 먹고 남긴 밥공기가 있었어. 내가 그랬구나 싶었제. 어제 기억이 없는 걸 보면 내 정신이 또 이상해졌었나 봐.

"야야, 내 어제 이상한 짓 안 했나?"

"없어요."

"개안타. 말해 봐라."

"없다니까요."

"니 거짓말하면 지옥 간데이."

"어제 옛날 집 갔었어요."

"엄매야, 주인 양반한테 죄송해서 우짜노."

"제발 다음부터 마음대로 나가지 좀 마세요. 약은 제대로 먹고 계세요?"

"미안하다. 약 먹는데도 점점 심해지네."

아빠 울지마

"혹시 일부러 그러는 거 아니죠? 괜히 일 하기 싫어서."
"내가 미안하다니까."
'저게 뚫린 입이라고 말하는 뽄새 좀 보소'
라고, 어차피 못 꺼낼 말이니 속으로 삭혀 보았다.

옆집 아저씨가 마음대로 꽃을 꺾어서 가져가 버렸습니다.

오랜 시간 뒤, 마당에 힘겹게 걸어온 꽃들이 쓰러져 있었습니다. 처음에는 돌아왔으니 다 괜찮다고 생각했지만, 꽃은 생각보다 더 아파보였습니다.

2. 짓밟히며 피어난 꽃

"어머니, 뭐 이상한 거 싸인 하셨어요?"

"뭐시기?"

무성이가 보여준 핸드폰 화면에, 수요집회 소식이 도착해 있었다.

"아, 그거 수요집회인데 학생들이 서명운동 안 하더나. 그래서 싸인 해주고 왔제."

"그럼 어머니 번호 적으면 되지, 왜 제 번호를 적어요?"

"저, 그 기억이 안 나잖냐. 근데 주머니 보니까 니 전화번호랑 집 주소 적어 놨길래 그거 보고 적었다."

고마 말 하니까 얼굴이 일그러지데. 내 아들이지만 인물이 참 못났다. 근데 마음은 더 못났데이. 머시마가 누굴 닮아가지고.

"아, 진짜 그딴 건 왜 적어요. 뭐, 그거 신고 못했다고 이래요? 할마시가 정신이 온전치 못하면 집에나 있던가."

뭐? 할마시?

"솔직히 말해서 그때 신고했던 사람이 미친 거죠. 전국민한테 창피당할 일 있어요?"

아들이란 놈이 기어이 어미 마음에 돌을 던지는구나. 뭐, 이러는 게 한두 번도 아이고, 쟈 말하는 거 일일이 대답해 봤자 내만 손해다 아이가, 그래서 그냥 이불 피고 누웠지. 계속 아들 얘기만 했나? 그라모 인제 옛날얘기 좀 해줄게.

그니까 그때, 어떤 할매가 처음으로 증언을 했었어. 니는 우예 생각할지 모르겠는데 그거 참 대단한 거였다. 그 할매 덕분에 맨날 숨어서 사는 다른 할매들도 세상으로 나오고, 구청에서 '위안부 피해자 신고' 현수막도 막 걸렸거든. 나도 그때 그냥 할 걸 그랬네. 아들자식 얘기만 듣고. 생각해 보이 그때도 똑같이 말했구만, '동네 창피하게'

그러고 보니 그분 생각도 나네. 내가 이리 주름 짜글짜글한 할매같이 보여도, 그때는 예뻐서 내 좋아하던 사람도 있었다 아이가. 허허. 내가 그 일만 아니었으면, 그 사람하고 행복하게 살았을 텐데. 아스라이 흩어진 내 청춘은 누가 되돌려줄꼬. 붙잡기도 전에 흩어져 버린, 내 열여덟을.

1944년 11월 21일, 만주 위안소

"야, 너 또 그 조선군인 보고 있냐?"

"와, 언니야 귀신이가, 기척이 없노, 기척이."

"엄매야, 지가 넋 놓고 있었으면서 나보구 그러네. 그래서 언제부터 그랬는데?"

오늘도 종분 언니는 뭐가 그리 재밌는지 싱글벙글 웃는다.

"그냥 있던 거야."

"야가 날 뭘로 보구. 나 기생 출신이여. 각설하고 첫 만남 얘기나 해 봐라."

역시 우리 언니는 귀신이다.

"글쎄. 처음에 저분이 들어와서는 아무 짓도 안 하고 가만히 앉아 있는 거야. 계속 눈치만 보니까 그제야 입을 떼고 내 이름을 묻더라? 원래 이름.

"백… 온님이요."

근데 뭐라 그런지 알아?

"아~ 백꽃잎! 와 이름이 되게 예쁘네요."

"픕-, 야 거짓부렁이지? 어떻게 사람이름을 꽃잎으로 들어. 하하하"

"아, 진짜 그랬대두!"

그리고 또 묻더라. 조선에서 놀 때 뭐하고 놀았냐, 뭐 좋아하냐. 처음엔 놀리는 줄 알았다. 그래서 대답 안 했었어.

근데 시간이 지나고 알았지. 이 사람은 나를 사람으로 보고 있다는 걸.

"뭐. 그래서 그랬제."

그분은 내 얼굴에 웃음꽃을 피운다.

"허이구. 온님이 웃는 날도 있네. 그럼, 네 낭군님은 성함이 어떻게 되시는데?"

"낭군이라니, 당치도 않다! 큰일 날 소리 하네."

"왜, 나중에 조선 돌아가면, 같이 가서 백년해로하면 되겠네."

또, 또. 희망고문한다.

"… 언니야는, 돌아갈 수 있다고 생각하나?"

"왜 못 돌아갈 거라고 생각하는데? 니네 집 어무이 생각해라. 조금이라도 빨리 돌아가야지. 느만 보고 사셨다며."

"난 만약에 돌아가도 절대 여기 있었다고 얘기 안 할 거다."

"당연하지. 누구 좋으라고 그런 얘기를 하냐."

"다른 애들은 엄마 속상해 할까 봐 못하겠대. 근데 난 아니다. 엄마가 창피해 할까 봐 못하겠어. 내가 여기서 이런 일 당했다고 하면, 동네방네 소문나겠지. '저 집 딸래미는 돈 몇 푼 더 벌겠다고 만주 가서 몸 굴리다가 왔다고'"

"설마. 적어도 느그 어무이는 아니다. 온님아, 세상에는 정말 여러 사람이 있다. 난 기생이었잖어. 적어도 니보단 내가 더 많이 봤다. 이상한 사람들. 근데 너거 어머니는 절대 그럴 분은 아니다."

"우리 엄마 본 적도 없으면서."

"야, 니 보면 꼭 알지. 보나마나 꽃 같은 분이시겠제."

"치."

"그니까 쓸데없는 걱정 말고 돌아갈 생각이나 해라."

언니의 말은 참 따뜻해서, 곧 사라질 걸 알지만 힘껏 붙잡고 싶은 햇살 같았다.

종분이 언니는 그런 햇살을 품은 꽃 같다. 정말 환하게 피어나서 주변 사람도 환하게 한다. 그래서 싫다. 한 순간에 꺾여버릴까 봐.

언니든, 희망이든.

처음 들어온 날, 군인들이 내 팔을 부러뜨릴 듯 잡아 끌 때부터 알고 있었다.

내가 금방 돌아오지 못할 거란 걸.

엄마가 그랬다. 호랑이 굴에 들어가도, 정신만 똑바로 차리면 산다고. 그래서 정신 똑바로 차려 보니, 작은 여자애 하나가 죽기 직전까지 맞고 있었다. 그리고 어떻게 됐는지 모른다. 아마 어디에 버렸겠지.

그 애, 우리 옆집 살던 꽃님이었는데.

올해 나이가 두 자리가 되었다며 좋아하던, 꽃님이.

고향에 돌아갈 날보다 내가 사라질 날이 더 가까워 보이는 이곳, 위안소에서 나는 살아야 할 이유를 찾지 못한 채 떠돌고 있었다. 괜히 언니 때문에 죽지도 못하고.

"야, 너 또 이상한 생각하지?"

"아냐."

"아니긴, 눈물이 그렁그렁 달렸구만."

"언니야, 우리 언제까지 아플까."

"그게 언제 우리 마음대로 되더냐, 하늘이 하는 일이지."

"그럼 너무 무심한 거 아이가. 우리가 뭘 잘못했다고 이래 아파야 되노."

"우리 잘못 아이다. 우리나라 잘못이지."

"조선?"

"약한 게 죄지. 약한 게."

슬픈 공기가 마음을 짓누른다.

눈꺼풀도 눌렀나, 눈물이 줄줄 새네.

"아, 진짜 백온님 울지 마라. 에휴~ 내가 또 우리 온님이 기분 망쳤네. 아, 이거 진짜 내가 몰래 아껴먹을라 했는데… 니 횡재한 줄 알아라."

"이게 뭔데."

"눈깔사탕이지. 자, 볼 너무 불룩하면 다 뽀록나니까 조금씩 먹어라."

"웬 건데?"

"아까 들어온 군인이 버리고 갔다. 아 진짜 가시나야, 먼지 다 묻는다. 빨리 좀 먹어라."

미안해 죽겠네. 눈물 때문인가, 사탕이 너무 달콤했나.

앞이 안 보인다. 눈물을 닦고 나니,

한 여자애가 보였다.

근데, 좀 이상하다. 여자애가 위안부도 아닌 것 같은데, 왜 여기 있지.

저기 서 있는 쟨 뭐지?

* * *

저기서 날 보고 서 있는 애는 뭐지?

아, 꿈 꾼 것 같은데. 잠을 너무 오래 잤나. 여긴 어디지. 여기가 꿈인가? 꿈치고 너무 생생한데. 저기 나한테 달려오는 여자애까지.

아, 아파. 넘어졌다. 넌 뭐야?

"니 뭔데?"

내 마음을 읽었나. 내가 할 말을 대신 해주네.

"넌 뭔데? 여긴 어디고."

"몰라서 묻냐? 위안소잖아. 니 그대로 있으면 끌려갔다."

위안소라고?

"더 이상 나한테 붙어 있지 마. 그리고 여기 있던 앤 아닌 것 같은데 눈치챘으면 알아서 도망쳐라. 개죽음 당하기 전에."

뭐야. 이상한 말만 늘어놓고. 저러고 가버리나.

나무 옆에 숨어 있으니 얼마 안 가, 밤이 되었다.

위안소인지 뭔지 여기는 정말 이상했다. 군인들이 반나체로 이상한 문 앞에서 기다리는데 그 숫자가 줄어들지가 않는다. 그리고 간간이 그 줄 사이로 여자애들이 보였는데, 살아 있는 애들이 아니었다. 시체였다.

처참하게 짓밟힌 꽃을 실은 수레가 지나갈 때, 시체냄새가 진동을 했다. 그럼에도 불구하고 군인들은 땅에 뿌리가 박힌 듯 여전히 반나체로 줄을 서서, 순서를 기다리고 있었다. 도대체 방안에서 무엇을 하기에 저 군인들은 이토록 역한 시체냄새까지도 참을 수 있을까.

그리고 지금 일본인 여자가 오고 있다.

좀 위험한 것 같은데, 몸이 얼어서 움직이질 않는다.

"(야 넌 왜 일 안 하고 여기 있어 너도 죽고 싶어?)"

뭐라는지 못 알아들었지만 대충 둘 중 하나인 것 같다.

큰일 났거나 엄청 큰일 났거나.

갑자기 머리채를 잡고 날 질질 끌었다. 근데 다른 군인이 와서 말렸다.

"(어이. 내가 마음에 들어서 끌고 나왔는데 뭐가 문제지?)"

이 남자는 조선인처럼 생겼는데 일본말을 하네.

"(죄송합니다. 도망가는 줄 알고 붙잡았습니다. 그럼 좋은 시간 보내십시오. 충성)"

갑자기 날 놓고 간다.

그리고 조선인처럼 생긴 저 남자는 조선인이 맞았다.

"왜 여기 있어. 빨리 들어가. 진짜 죽고 싶은 거야?"

처음 봤으면서 왜 다들 날 못 죽여서 안달이야.

일단 무슨 일이 날 듯싶어 도망쳤다. 칠흙보다 어두운 길에 발을 내딛는 건 무서웠지만, 더 까매 보이는 저 사람들이 훨씬 무서웠다.

갑자기 머리가 핑하고 돈다. 그리고 갑자기 눈을 떴다.

* * *

눈을 떴다.

이상한 여자애가 있는 꿈이었다. 근데 엄마는 어디 갔지.

바람이 꽃가루를 품고 오면 향기는 몰래몰래 품에서 나려 아무개의 집으로 흩어졌습니다.

3. 꽃이 진다고 나를 잊을 작정이십니까

엄마 어딨지.

아빠한테 꿈 얘기를 하려고 했다.

"아빠 내가 오늘 이상한 꿈을 꿨어!! 막 이상한 여자애가 위안소라는 데에서."

"나 먼저 갈게요."

듣지도 않고.

걔는 괜찮을까? 이제 겨울이라 더 추울 텐데.

내가 장갑 갖다 줘야지!

다시 잠들면 볼 수 있을 거야.

1941년 12월 5일-만주 위안소

으 춥다. 이렇게 추운 걸 보니 그 꿈속인가 보다.

무작정 와서 그 애를 못 찾으면 어쩌나 했는데 다행이다. 숲에 혼자 있었다.

아, 다행이 아니네. 혼자 울고 있었다. 몰래 가서 손으로 어깨를 툭 쳤다. 왜 이렇게 소스라치게 놀라는 걸까. 미안해지게.

"니 뭔데?"

태어나서 그런 끔찍한 얼굴은 처음 봤다. 눈물범벅에, 파란 자국들이 있었는데 동상이어서 그런 자국도 있고, 맞아서 그런 자국도 있었다.

그 자국들에서 유달리 맵고 찬 겨울 냄새가 났다.

"아니. 난 너 추울까 봐."

"니 뭐냐고 물었잖아."

네 질문은 귀에 들리지 않고 오직 파란 자국만 눈에 들어왔다.

"왜 여기서 울고 있어. 이건 누가 그런 거야?"

"너 지금 나 놀려?"

"너야말로 전부터 왜 그래? 이해할 수 있는 말을 해야 알아듣지."

"진짜 몰라서 묻는 거였어?"

"나 위안부야. 밭 매고 있었는데 갑자기 끌고 갔단 말이야. 엄마 혼자 있을 텐데."

너는 더 이상 말하지 못했다. 남은 말들은, 눈물이 대신했다. 악을 쓰고 화를 내던 네가 우는 걸 보니, 나는 더 마음이 아팠던 걸까.

"내가 미안해. 잘못했어. 울지 마."

"나, 노래 잘 불러! 불러줄까? 아리랑 어때?"

아는 노래가 아니었다. 근데 왜 이렇게 익숙할까.

나는 네가 대답을 하든지, 말든지 노래를 부르기 시작했다.

아리랑 아-리랑

아라리요. 아리랑 고개로 넘어간다.

'나 위안부야.'

위안부, 손이 덜덜 떨리고 머리가 아팠다.

아무리 생각해도 모르는 말인데, 내 몸은 이미 반응하고 있었다.

정신이 흐릿해진다.

잊은 기억인가, 잃은 기억인가.

* * *

2018년 12월

잃은 기억이었제.

엄청 오랫동안 꿈꾼 것 같더라. 오랜만에 옛날 기억도 났다. 니한
테 부끄러워서 말 못했는데, 내가 사실은 일본군한테 성노예로 끌려
갔었거든. 근데 신기한 게 뭔지 아나?

그 꿈속에서 내는 위안부가 아니었다. 어린 여자애였다. 내가 정
신이 오락가락하면 그 나이의 애처럼 행동하는 것도 알았고. 그리고
내가 노래를 불러줬던 그 아가 위안부였더라.

내가 위안소에 있을 때, 그놈들이 매 맞아 죽은 종분 언니를 보고
울었다고 나까지 끌고 가서 때리데. 나중에 산속에 숨어서 우는데 어떤
여자애가 내한테 아리랑 불러주고, 장갑만 두고 사라진 적이 있었어.

그이까네, 이게 무슨 말이냐면 내가 꿈속에서 만났던 건 과거의 나
였다는 거제.

위안부였던 열여덟의 나. 지워버리고 싶던 열여덟의 나.

내가 그 지옥을 탈출하고 제일 먼저 했던 기도가 뭔지 아나?

그때 일 머릿속에서 지워달라는 거였다.

너무 괴로워서 잊으려고 노력하다가 진짜 잃어버렸어. 결국 잊지

못할 거면서, 소중한 사람만 다 잃어버렸어.

그 꿈은 잊혀져가는 기억의 발악이었어.

그후에도 그 아를 만나려고 얼마나 애를 썼는지 몰라.

근데 무심한 하늘은 꿈도 허락하지를 않데. 허락하지를 않아.

그라고 정신이 또 오락가락 할 때쯤에야 다시 꿈을 꿨어.

1944년 12월 22일

저기 있네. 내 열여덟.

니는 나를 알아본 걸까? 어이고, 처음으로 웃었다.

나도 나 웃는 걸 처음 봤다. 할머니가 돼서야 알았다. 열여덟이 얼마나 예쁜 나이인지. 자주 좀 웃을 걸.

똑똑하지도 않지만, 머릿속에 있는 수많은 말 중에 가장 사소한 말을 골라서 건넸다. 니는 쭈욱 사소한 걸 제일 그리워했을 거 아이가.

"안녕?"

"안녕."

왠지 오늘은 얼굴에 미소를 머금고 있었다. 이 지옥에서 좋은 일이라도 있었나.

"오늘 좋은 일 있었어?"

"아니, 있을 예정이라서."

여기서?

"무슨 좋은 일인데?"

"이제 여길 빠져나갈 수 있어."

탈출? 너를 잊은 것도 모자라 여기에서의 기억도 잊은 듯하다.

내가 그렇게 바라던 바였는데, 왜 이렇게 슬픈지 몰라.

하나하나 귀찮게 묻는 내가, 웬일인지 너는 귀찮지도 않나 보다.

"오늘 탈출하는 거야?"

너는 티 없이 밝은 얼굴로 대답한다.

"아니, 오늘 자살할 거야."

꼬리잡기 하듯이 나오던 나의 목소리가 방향을 잃고 목구멍에서 미끄러졌다.

너에게 삶이 얼마나 저주스러웠으면 죽음을 기대하고 있을까. 넌 여전히 미소 짓고 있었다.

'이 고비만 넘기면 괜찮아질 거야' 하고 싶었지만 아무 말도 하지 못했다.

나이 구십이 넘은 내가 견딜 만한 세상이라고 고작 열여덟인 너에게도 견딜 만하겠나. 니한테 해줄 수 있는 말이 없다. 사실 나도 잘 살진 못했거든.

겨우 침묵을 깬 건 너였다.

"미안, 놀랐어? 근데 전부터 쭉 해오던 생각이라."

그랬겠지. 위안소에 왔던 그 순간부터 살고 싶은 순간 따위 없었겠지. 그건 내도 어렴풋이 기억하고 있었거든. 평생.

"근데 왜 이제 하는 거야?"

"내가 살기를 바라는 사람이 있었거든."

"지금은?"

"없지. 저번에 그 언니가 매 맞아 죽었거든."

그제야 기억이 났는기라. 그때 나의 숨을 염원하던 사람이 종분이 언니뿐만이 아니었다는 게. 그래서 내 숨을, 나의 섬을 염원하던 사람들의 이름을 꺼내기 시작했지.

"너희 어무이는?"

"죽었을 걸."

"어떻게 알아, 계속 네 밥까지 차리시면서 널 기다리실지."

"아니, 안 그럴 걸."

아이다. 기다리셨다. 하나밖에 없는 딸 어디서든 밥 굶지 말라고 네 밥까지 꼭 차리시면서 기다리셨다고.

"너 좋아한다는 분은?"

"좋아하면 뭐해. 조선 돌아가서 백년해로할까? 이 몸으로?"

"너 진심으로 아끼시잖아. 그분은 네가 그렇게 떠나면 어떻게 버텨?"

"그래 봤자, 군인이잖아. 둘 다 언제 죽을지 모르는 목숨인데. 사실 그분 생각해서 살려고도 해 봤는데, 못 하겠더라. 너무 아프잖아. 덧나고, 진물나고, 또 덧나고. 익숙해서 안 아프다고 생각했는데 그게 아니었어."

자살을 결심해서인지, 너는 어느 때보다 평안해 보인다.

"익숙해서 안 아픈 게 아니라, 안 아픈 척하는 게 익숙한 거였어. 아픈 건 왜 그렇게 적응이 안 될까."

네 말이 내 마음을 휘젓는다. 아프다.

"그래도, 조금만 더 살아보면 안 돼?"

"아, 내가 말을 잘못했네. 난 여기 온 날부터 이미 죽었었어."

앞이 흐릿해진다. 참으려고 했는데. 안 괜찮은 내가 정말 안 괜찮은 네 앞에서 우는 건 실례라고 생각했는데. 나이 먹어서까지 주책이네.

"야, 울지 마. 멀쩡해 보이는데 나보다 더 서러워 보이네."

그러게. 넌 왜 그렇게 태연해? 하나도 안 멀쩡해 보이는데.

비로소 눈을 감았을 때 느낄 평안함이 널 데리러 온 걸까. 넌 몇 년 만에 평안해 보였고, 괜찮아 보였다.

늙어서 어릴 때의 나를 다시 본다는 건 참 신기한 일이었다.

그렇게 아팠던 기억이 이제는 남의 기억처럼 느껴진다.

널 그렇게 잘 아는 나도, 결국 남이니까 쉽게 해줄 수 있는 말밖에 할 수 없다는 게 좌절스럽다.

억지로 전자레인지에 데워서 주는 말이 있다.

그럴수록 마음은 식는다. 그럴수록 마음은 상한다.

넌 내 마음을 아는 건지, 모르는 건지.

"아, 넌 혹시 알아? 순탄절인가, 성탄절인가."

눈물을 닦고 겨우 말을 이었다.

"알지. 산타할아버지가 선물 나눠주는 날."

"산… 뭐? 종분이 언니가 그날 엄청 기다렸었는데. 서양에서는 그날 선물을 나눠준대."

"맞아, 어떤 할아버지가 네 방문 앞에 선물을 놔두고 갈 거야."

"나도? 이런 나도?"

"그 할아버지는 아무도 차별 안 해. 다 똑같이 사랑하는 사람이지."

"되게 좋은 분이시네. 여기에도 다녀가시면 좋겠다."

그제서야 너를 잡을 명분이 생겼다.

"그럼, 성탄절까지만 살아 있으면 안 돼?"

"그날까지 이 지옥에서 살라고?"

네 표정이 일그러진다. 이제 보니 난 우리 엄마를 많이 닮았구나. 엄마가 나 혼낼 때 이런 표정이었는데.

"혹시 모르잖아. 무슨 선물을 줄지. 네가 생각하는 것보다 더 좋을 거야."

"싫어."

네 상처는 이런 몽글몽글한 소리에 덮일 상처가 아니었다. 그래서 거짓말을 해버렸지 뭐야.

"나 사실 할아버지랑 친구인데 할아버지가 너한테 꼭 다녀가신다고 했단 말이야."

이런 바보 같은 소리를 누가 믿을까 했더니,

"진짜?"

네가 믿는구나. 내가 어릴 때 이렇게 멍청했나.

"진짜 좋은 선물이었어."

"며칠인데?"

"25일! 그땐 할아버지랑 같이 올게. 그때까지만 있어. 알겠지?"

"몰라."

그때 다시 올 수 있을까. 너한테 그때까지만 살아 있어달라고 했지만, 사실 내가 그때까지 살아 있을지 모른다.

그래도 인사 정도는 하게 해주겠지.

그렇게 아프게 했으면 인사 정도는 해도 되겠지.

1944년 12월 25일

* * *

오늘이 종분이 언니가 그렇게 바라던 성탄절이었나.

사람들이 선물을 주고받는다던. 서양에는 좋은 날도 많네.

언니야, 성탄절 별거 없다. 여기는 여전히 춥고 나는 아프다.

사실, 나 그저께 언니야 보러 갈라고 했는데, 어떤 이상한 애가 오늘까지만 살아 있으라고, 할아버지가 나 선물 준비했다고 그러더라. 걔 거짓말 되게 못하더라. 그래도 이상하게 속아주고 싶었어. 사실은 나도 살고 싶었나 봐.

간다고 했는데 약속 안 지켜서 미안하다. 그래도 진짜 별거 없더라. 그러니까 나만 성탄절 지내고 간다고 서운해 하지 마라. 좀 쉬고 있어라 거기서.

그러고 보니, 진짜 선물은 없는 건가. 엉터리네. 하긴, 이런 곳에서 선물이 있을 리가 있나.

끼-익

오늘도 시작이구나 했더니, 그분이었다.

선물인가.

"괜찮아?"

"네, 살아계셨네요."

"너도 살아 있었네. 다행이다. 자, 지금부터 내가 하는 말 잘 들어.

이번에 물자 운송 때문에 조선으로 가는 기차를 타게 되었어. 다들 내가 조선인인 건 몰라서 나는 그 화물칸 관리를 하고."

"잘 됐네요."

"곧 전쟁이 끝날 것 같아."

"그럼 우리도 풀려날 수 있어요?"

"아니. 전쟁이 끝나면 너흰 다 죽어."

총알 같은 한마디가 정확하게 내 귀를 스쳤다. 나는 아무 말도 하지 못했다.

"전쟁이 끝난다는 건 일본이 패한다는 뜻이야. 근데 자기 나라에 불명예스러운 기록을 남기겠어?"

어떻게 저렇게 잔인할까.

"이번 기차가 아니면 다신 기회가 없어. 그래서 난 널 화물칸에 실어서 탈출시킬 거야."

선물이다.

몇 번이고 생각했지만 너무 비현실적인 그 말, 탈출.

내가 다시 태어나는 것보다 더 어려운 탈출.

"좋아하진 마. 너와 나 둘 중 한 명이라도 걸리면 차라리 저승길이 꽃길처럼 느껴질 테니까."

나는 애써 떨리는 몸을 붙잡고 끄덕였다.

그렇게 요원하기만 했던 바람은 나를 향해 다가오는 중이었다.

그리고, 저기 그 애가 다가온다.

그 꿈은 잊혀져가는

기억의 발악이었구나

돌멩이는 꽃을 비웃었습니다. 너희가 아무리 꿋꿋이 피어봤자, 결국 나의 자그만 움직임에도 바스라질 존재라고.

꽃이 말했습니다. 네가 아무리 강해도 넌 부서질 운명이고 나는 피어날 운명이라고.

4. 꽃잎은 젖지만 향기는 젖지 않는다

* * *

25일이 다 지나가도록 아무 꿈도 안 꾸는 거라. 내는 개가 진짜 자살했을 줄 알고 얼마나 심장이 벌렁거렸는지.

그러던 어느 날, 드디어 꿈을 꿨었어.

1944년 12월 31일

18살의 나는 저기에 있다. 기껏 참았는데, 눈에서 미안함이 흐른다.

나는 나를 알아봤다.

나는 나를 보고 웃는다.

"잘 있었나?"

"너 왜 그 할아버지랑 같이 안 와. 기껏 살아 있었더니."

나는 애써 눈물을 멈추고 대답한다.

"기다렸어?"

"그럼, 기다렸지. 그래도 선물은 받았다."

얼마간의 침묵이 나와 나 사이를 흐른다.

"넌 내가 너인 줄 처음부터 알았던 거야?"

그 애는 대답한다.

"알고 있었지."

"어떻게 알았는데? 난 몰랐다."

"처음엔 몰랐제. 근데 두 번째 만났을 때 알았어. 엄마가 해준 이야기 중에 내가 제일 좋아하던 건데 혹시 기억나?"

아니, 하나도 기억이 안 난다. 너 기억하는 것도 나한텐 과분한가 봐. 하늘은 참 무심하기도 하지.

"사람은 기억에도 생명이 있대. 사람은 숨이 다하면 죽지만, 기억은 잊혀지면 죽는 거래. 그래서 기억이 잊혀지기 전에는 최후의 발악을 하는데, 그게 꿈으로 온다나 봐. 기억의 주인이 꿈을 통해 기억을 다시 떠올리면 더 이상 꿈은 안 나타난대. 이 시대 사람이 맞나 싶을 정도로 아무것도 모르는 네가 좀 이상하긴 했어. 꿈속에 있는 것마냥, 무서워하는 것도 없고. 생긴 건 또 왜 그렇게 나랑 비슷하게 생긴 건지. 그래서 알았지. 지금 내가 겪고 있는 이 모든 일이 너에게는 단지, 눈 깜빡하면 끝날 한철의 꿈일 거라고. 나한테는 벗어나고 싶은 현실이지만."

"왜 말 안 했는데? 상처 받았을 텐데."

"나를 잊은 네 눈에 슬픔이 아니라 행복이 보여서. 어떻게 날 잊을 수 있을까 원망도 많이 했다. 근데 알잖아. 나 많이 아프다고. 너는, 아무것도 모르는 네 웃음은 고생이라곤 해본 적 없는 웃음이었는데. 남은 인생동안 절대 지을 수 없을, 그런 웃음. 그래서 생각했지. 차라리 계속 기억하고 아파할 바에야, 적어도 나 하나쯤은 그냥 다 잊고 행복하면 안 되겠냐고. 우리는 상처를 품는 것만으로도 상처를 받는 사람이잖아."

내가 너를 만났을 때 치매였다는 게 원망스럽다.
너는 내 웃음을 보고 얼마나 많은 감정을 느꼈을까.
결국 잊힐 너로 살아왔을 그날들이 얼마나 고통스러웠을까.

그때 그분이 다가온다.
기차가 곧 온다는 신호였다.
너는 다급하게 나한테 말한다.
"너가 타고 가라."
안 될 소리였다. 절대 안 될 소리였다.

"미쳤냐? 나는 꿈이니까 여기 있어도 깨면 그만이다."
"나한텐 현실이잖아."
"그러니까 너가 타야 될 것 아니냐."
"온님아, 니가 살아서 고향가면 내 남은 인생, 진짜 행복하게 살
수 있을 것 같다."
아니야. 그렇게 행복하지 않을 거야.
너의 남은 인생을 다 알고 있었지만, 차마 나는 입을 떼지 못했다.
"있잖아. 나 꽃처럼 살고 싶었다. 우리 집 뜰에 꽃 심어져 있는 거
알제? 개네랑 약속했다. 꽃처럼 살 거라고. 근데 나는 그 약속 못 지킨
다. 나는 지금 내 모습 너무 싫다. 우리 엄마한테도, 그런 딸로 기억되
기 싫다. 그러니까 남은 삶은 네가 저분하고 행복하게 좀 살아줘라. 처

음이자 마지막 부탁이다. 늦겠다, 이제 가라."

그게 내가 기억하는 나의 마지막 열여덟이었다.
어지럽게 피어오르는 기차 연기에 흐릿해지는 너를 두고.
나는 비겁하게 행복하러 간다.
저 지옥에 너를 두고 나만 간다.

그리고 꿈에서 깼제.
언제 잊힐지 몰랐지. 더 이상 그 아를, 아니 나를 시간 속에 묻어둘
수가 없었다. 내 애달프고 안쓰러운 열여덟을.

"무성아, 무성아. 내 말 좀 들어봐라."
"어머니, 저 잠깐 전화 좀 받고 올게요."
"아… 꼭 빨리 와라. 꼭이다. 알겠제?"
"예, 예.
어? 아, 나 무성이. 몰라 우리 엄마 또 이상한 소리 하길래 잠깐 나
왔다. 아 그래 술 한 잔 할래? 그래 나온나."

그날 무성이는 밤이 늦도록 오지 않았어.
이대로 있다가는 다 잊어버리는데. 다 잃는데.
나에게 오는 어스름이 느껴졌어.
그제서야 알았지. 이제 끝이구나.
오늘이 마지막이었구나. 열여덟의 내가 그토록 바라던 내 행복한 삶.

결국 온님이한테 했던 약속을 못 지켰어. 그 애가 바랐던 삶을, 살지 못했어.

꿈에서 깬 것과 비슷했지만 본능적으로 알 수 있었다.

내가 살아 있지 않다는 걸.

길게 뻗어져 있는 들판을 걸으며 생각했어.

기차를 탄 이후의 삶을.

조선에 도착해서 몰래 내리다가 들켰었지.

그래서 그분이 나를 먼저 빼돌렸지. 그게 마지막이었지. 그러고 보니 이름도 모르네. 그렇게 몰래몰래 마음에 품었는데, 그리워할 이름 한 자 못 듣고 헤어졌어.

겨우 도착한 내 고향.

모든 게 그대로였지. 사람들 빼고.

종분 언니가 또 틀렸다.

가끔은 행동이 입보다 더 큰소리로 말을 해.

엄마는 날 창피해 했어. 길에라도 나갈라치면 동네사람들의 시선에 걸음이 베여 한 발자국도 나설 수 없었어.

얼마 안 가 엄마는 집을 나가 버렸어.

근데 그거 알아? 사실은, 나는 며칠 전부터 엄마가 집을 나갈 거란 걸 알고 있었어.

하지만 알고 있다고 해서 준비가 되는 건 아니더라고.

그날, 나는 아침부터 해가 질 때까지, 하염없이 엄마를 불렀어. 목이 쉬어서 소리가 안 나와도 불렀어. 그러면 주변에 있던 바람이, 공기가 걸어가던 엄마를 붙잡지 않을까 싶어서.

내가 치매 때문에 정신이 오락가락할 때도 가장 많이 했던 말.

엄마. 엄마 어딨어.

참 고단했구나.

딴 건 몰라도 온님이한테 미안했어. 그 애는 자기가 얼마나 아리따 운지 몰랐어. 얼굴에 멍자국 때문에 한 쪽 눈이 뜨이지 않아도, 핏자국 이 있어도 그 애 이름 하나하나가 얼마나 향기롭고 예뻤는지, 그 애만 몰랐어. 그걸 모든 사람이 알았어야 했는데. 그 못된 놈들이

그렇게 쉽게 짓밟은 그 애가 사실은 얼마나 예쁜 애였고, 얼마나 소중했는지. 그 애가 피워나갈 삶이 얼마나 아름다웠을지 모든 사람 이 기억했어야 했는데. 그러니까 내 말은, 이 글을 읽는 니가 누군지는 모르지만 혹시나 본다면 그 애 좀 기억해달라고.

그리고 그렇게 사라져버린 수많은, 그 예뻤던 청춘들을.

다시는 이런 일이 일어나지 않게 기억해달라고 주절주절 써 봤다.

편지를 비행기 모양으로 접어 바람에 실었다. 어떤 꽃에게 도착할까.

나에 대한 기억이 다 끝나갈 때즈음,

앞에서 누군가 나를 기다리고 있었다.

반가운 얼굴이었다.

"곧 백송이의 꽃이 피려나 봐요."

그제서야, 떠올랐다.

'아~ 백꽃잎! 이름이 되게 예쁘네요.'

"내 이름을 기억하고 있었나요?"

"그럼요. 어떻게 잊을 수 있나요. 이리도 향기로운 당신을."

기억했구나. '향기로울 온, 당신 님.'

"저는 당신의 이름을 몰라요. 그리워할 이름도 주지 않고 가버리면 어떡해요."

"제 이름은 향석이에요. 향기 향, 사랑할 석. 향기를 사랑하다."

"그래서 저를 사랑했나요?"

"아니요. 이름이 꽃잎이었어도, 풀잎이었어도 온님이를 사랑했을걸요."

아, 좋다.

"이름을 안 알려주니, 늘 그린내, 그린내 하고 생각해서 나중엔 이름이 그린내인 줄 알 뻔했잖아요."

"그럼 나는 이제껏 그린내로 살았네요. 다행이에요. 그대는 이제껏 그린 꽃으로 살았을 텐데."

"제가 그렇게 예뻤나요?"

"네. 무척이나요. 그리고 무척 그리웠어요. 그래서 그린 꽃이에요. 그리운 꽃."

묻고 싶은 말 투성이었다. 날 왜 좋아했는지, 그날 기차에서 내려서는 어떻게 되었는지, 어떻게 살았는지, 어쩌다 죽었는지.

"묻고 싶은 게 있나요?"

하지만 나는 다른 걸 물었다.

"혹시 꿈인가요?"

"왜요?"

"너무 행복해서요. 있을 수 없는 일 같아요."

"아마 아닐 거예요. 그리고 꿈이면 어때요. 조금 오래 꾸면 되죠."

"그럼 깨지 말아요. 오랫동안 기다려온 꿈이거든요."

"좋아요. 꽃향기가 좋아요. 비가 오려나 봐요. 우리 그럼 향기 젖는 날까지만, 그때까지만 같이 걸어요."

향기?

향석 씨의 대답에 숨어 있던 백송이의 꽃이 만개하였다.

"꽃잎은 젖어도, 향기는 젖지 않거든요."

이제 뭐라도 좋을 것 같다.

잊거나 잃거나, 다 좋을 것 같다.

결국 떠나지 못한 향기

긴 들판을 걸어, 향석 씨와 꽃길에 도착했다. 거기엔 큰 나무 한 그루가 있었다. 나무엔 편지가 열매처럼 달려 있었다. 이 나무는 추억나무라고 한다. 망자의 잊고 싶은 기억을 뿌리 밑에 심고, 품고 싶은 추억을 따서 마음에 품고 간다는 그 나무. 향석 씨가 한 편지를 따서 나에게 주었다.

엄마 편지였다.

딸아, 딸아. 네가 나를 용서한다면 많이 바라지 않으니 너의 이름만 부르게 해다오. 은님아, 세상에서 가장 예쁜 우리 은님아.

너의 아비가 너와 나를 홀로 두고 간 집에서 너를 낳을 때, 엄마는 너무 힘들고 외로웠단다. 하지만 너의 힘찬 울음소리를 듣고 세상을 다 가진 듯하였지.

엄마가 꿨던 꿈이 있어. 조선에 이런 곳이 있을 수도 있나 싶을 정도로 넓은 들판이 있었지. 거기서 엄마가 한 발자국 내디딜 때마다 엄마가 밟고 간 자리에는 꽃이 피었단다. 이게 너의 태몽이었단다. 아빠는 이걸 듣고 너를 꽃처럼 키우자고 했다. 엄마도 그러자고 했지. 그러나 너를 낳기 보름 전, 너의 아버지는 길을 걷다 재수없게도 기분이 안 좋았던 순경과 부딪히고 거리에서 총소리가 난 뒤, 아직도 행방불명이란다.

더 힘들었던 건 아빠를 찾는 사람이 엄마 혼자였다는 거야. 그렇게 형, 아우하고 지내던 사람들 모두 '순경에게 끌려가면 어쩔 수 없어요.'
라며 쉬쉬했지. 그렇게 서서히 너와 나를 잊어가더구나.

밤낮으로 아빠를 찾던 엄마는 모든 걸 포기하고 3일 만에 집에 돌아왔단다. 아빠가 엄마에게 청혼할 때 줬던 꽃이 마당에 시들어 있었지. 그 뒤로 엄마는 아빠를 잊었단다.

잊으려고 노력했단다. 하지만 얼굴은 잊기 쉬워도 품에 안겨 잠들 때, 그때 나던 소나무 향기는 좀처럼 잊기가 힘들더구나.

그리고 너를 낳을 때가 되어서 생각했지. 너는 결코 꽃처럼 한철에 시들도록 키우지 않겠다고.

그래서 네 이름을 그렇게 지은 거란다. '향기로울 온, 당신 님'

온님이.

엄마를 잊어다오. 네가 창피했던 게 아니란다.

네가 미웠던 게 아니란다. 너는 아직도 누구보다 사랑스러운 내 딸이란다. 그저, 몸에 못 쓰는 곳이 많아지면서 너에게 짐이 되지 않을까 두려웠지. 고생하고 온 우리 딸에게 짐이 되는 건 너무 싫었단다. 엄마의 끝을 너 홀로 지켜보게 하고 싶지 않았단다.

엄마의 욕심이지. 그러니 엄마를 잊으렴 부디 이런 나쁜 엄마를 잊어다오. 근데 온님아, 엄마가 마지막으로 하나만 부탁할게.

사람들이 뭐라고 해도 너의 향기를 잊으면 안 된단다.

온님이가 얼굴에 웃음꽃 피우고 살면, 엄마는 그 향기만으로도 행복할 것 같구나. 웃음꽃에서 나는 향기는 다른 사람도 행복하게 해주거든 온님아. 온님이 덕분에 엄마가 세상에서 예쁜 것만 보고, 따뜻한 것만 삼키고 소중한 걸 품고 살 수 있었단다.

고맙다 우리 딸 꼭 행복해져야 한다. 너의 향기를 품고.

언젠가 죽어서 엄마를 만나면 해야 할 말을 생각해놓았다.

하지만 막상 엄마의 흔적을 보니, 아무 말도 할 수 없었다.

그저 엄마의 편지를 햇빛이 가장 잘 드는 뿌리 쪽에 심어두었다.

다음에 오면, 거름이 되어서 예쁜 추억이 열려 있기를 바라면서.

향석 씨가 조용히 손을 잡았다.
난 웃는다. 그리고 다시 걷는다.

잊었던 추억을 떠올리고 잃었던 사랑을 찾았다.

꽃잎은 젖어도
향기는 젖지
않는다

가까이에 있는

—— 곽은미

겨울도 끝나나 봐요, 선생님. 특유의 우드 계열 향이 코 끝을 건드렸다. 그리고 들리는 발자국 소리, 찻잔이 유리 책상과 부딪치는 소리, 의자 끌어당기는 소리, 그리고 볼펜을 돌리는 소리. 아무래도 곧 삼월이니까요. 월요일이 돌아올 때마다 오 년 전으로 돌아간다. 상담사의 우든 향이 공간을 채울 때마다, 그 월요일마다 나는 오 년 전으로 돌아가는 것이다. 주말동안 뭐 하셨어요? 볼펜 딸깍이는 소리, 종이를 넘기는 소리. 상담사가 움직일 때마다 강해지는 향기. 오 년 전을 불러일으키는 향기.

나는 그 향에 잠식되어 오 년 전으로 돌아가는 것이다.

보이진 않아도 보는 것을 좋아한다. 책 속 글을 읽을 순 없어도 책의 향은 맡을 수 있다. 왼손으로 책 등을 잡고 오른손으로 책장 하나하나를 빨리 넘길 때 나는 쾌쾌한 종이 향. 볼 수 없어도 느낄 수 있는 건 많았다. 그래서 지금도 누군가의 시선을 느낀다. 뭘 그렇게 봐? 작은 소리로 말했다.

"책을 거꾸로 들고 있길래."

책 읽는 거 아니야. 대답은 돌아오지 않았다. 이상하게 보일 만도 했다. 사람들은 나보다 더 많은 걸 볼 수 있는데 겁이 많다. 자기와 조금이라도 다르다고 생각되면 겁먹고 피하기 급급했다. 한두 번 겪는 일은 아니었다.

왜 이렇게 됐냐고 물으면 나도 정확하게 말할 수 없다. 내가 기억할 수 있는 가장 최초의 기억조차 어둠 뿐이다.

"종 곧 치는데, 안 가?"

"가야지."

이거, 내가 다시 넣어 줄까? 그 애는 내 손에 들린 책을 잡았다. 책의 양 끝이 우리 손에 잡혀 있었다. 고마워. 나는 얼른 책에서 손을 뗐다.

상처가 생겼다. 엄마는 나의 상처를 확인하고 여느 때처럼 한숨을 내쉬었다. 한숨이 공기에 무게를 더했다. 엄마는 더디게 입을 떼었다. 학교 그만 둘 수 없어? 우리 딸 다쳐서 오는 거 보는 엄마 마음은 왜 이해를 안 하려고 해. 엄마가 손을 잡아왔다. 온기가 그대로 전해졌다. 졸업은 하고 싶어. 그냥 내가 더 조심할게 엄마. 엄마는 잡았던 내 손을 자신의 뺨으로 가지고 갔다. 그만 두고 싶을 땐 언제든지 말해. 알겠어 엄마. 엄마는 한참동안 나의 손을 뺨에 가져다 댄 채 아무 말도 하지 않았다.

다음 날도 같았다. 물론 다를 이유도 없었다. 아침 일찍 엄마가 태워 주는 차를 탔고 부축을 받아 교실까지 도착해 자리에 앉았다. 보이지도 않는 교과서를 폈고, 교과서에 얼굴을 묻은 채 엎드리기. 엄마의 말이 떠올랐다. 아직 학교를 그만 두고 싶다는 생각은 들지 않았다. 좋은 친구들과 좋은 선생님, 가끔 가다 그렇지 않은 아이들도 몇몇 있었지만 크게 신경쓰진 않았다.

쉬는 시간엔 도서관으로 내려갔다. 보이진 않아도 보는 것을 좋아한다. 책을 넘기고 그 향을 맡으며 책을 읽었다. 이렇게 읽은 책이 벌써 얼마나 되는지, 내 눈으로 확인할 수 없다. 어쩌면 같은 책만 봤을 수도 있을 테고 아니면 누구도 꺼내지 않아 먼지만 쌓인 책을 봤을 수도 있다.

오늘은 거꾸로 안 들었네. 큰 소리와 함께 손에 들렸던 책이 떨어졌다. 순간 숨을 뱉기 위해 들이마시는 건지 들이마시기 위해 뱉는 건지 헷갈렸다. 누군가 먼저 이렇게 말을 건넸던 적이 있었나. 생각해 보면 딱히 없었던 것 같다.

"내가 할게."

고마워, 내가 평소에는 안 이러는데. 내 목소리가 떨리는 게 내 귀에서도 느껴질 정도였다. 근데 이 책 읽어 봤어? 책을 빠르게 넘기는 소리가 들렸다. 무슨 책인지도 몰라, 나는. 이거 내가 좋아하는 책인데. 가끔 사람들이 흔히 말하는 좋아하는 책이 있다는 게 부러웠다. 내가 책으로 할 수 있는 건 향을 맡으며 넘기는 게 다여서, 나는 좋아하는 책이 있을 수가 없다. 갑자기 목 끝까지 채워진 와이셔츠 단추가 답답하게 느껴졌다.

그날을 끝으로 우리가 다시 만난 건 얼마 지나지 않아서였다. 다시 만난 그날 나는 그 애의 이름이 형진이라는 걸 알았다. 그 이후로 내가 책을 쥐고 향을 맡으면 형진이는 내 손에서 책을 뺏어가 읽어 주기도 했다. 이런 걸 들고 왔냐며 다시 책을 덮기도 했고, 이 책은 좋은 것 같다며 자신이 빌려 가기도 했다.

나는 그해 형진이의 생일에 향수를 선물했다. 샌들우드 향의 향수였는데 내가 사람을 알아차릴 수 있는 방법 중 하나였다.

계절이 바뀌었다. 가을과 겨울 그 과도기에 섰다. 형진이는 가을이 시작될 때 내가 선물한 향수를 뿌리기 시작한 것 같았다. 계절과 어울린다고 생각했다. 바뀐 건 계절만은 아니었다. 항상 도서관에서 만났지만 학교 본관과 체육관 사이의 벤치에 함께 앉을 때도 있었다. 형진의 말을 빌리자면 그곳에는 많은 벤치들이 있는데 우리는 항상 이름 모르는 나무 밑에 앉는다고 했다. 내가 준 거 뿌렸네. 형진이 움직일 때마다 향이 훅 끼쳤다. 향 좋다, 내가 역시 잘 골랐어. 형진이 소리 내어 웃었다. 응, 네가 잘 골랐지. 발밑에서 낙엽이 바스라졌다. 형진의 목소리에 잘 어울리는 소리였다.

며칠 동안 형진을 만나지 못했다. 도서관에서도 만나지 못했고, 벤치에 가자며 찾아오지도 않았다. 혼자 무언가를 하는 것에 익숙하다고 생각했지만 어느 순간부터 혼자 하는 모든 것이 어색해졌다. 형진이를 못 본 며칠 동안 혼자 책의 향을 맡는 것도 익숙하지 않았다. 반장의 도움을 받아 앉은 벤치의 옆자리는 비었다. 더 이상 낙엽이 밟히지 않는다. 바람이 조금 차가워졌다. 바람은 자기 멋대로 내 머리카락을 헤집어 놓았다. 나는 벤치에서 일어나야 했다. 낙엽이 밟히지 않는 바닥과 차가워진 바람을 혼자 감당할 수 없었다. 다시 교실로 돌아가던 길에 나는 혼자 수없이 넘어지고 긁혔다.

또 상처를 달고 온 나를 보고 엄마는 한숨을 쉬었다. 엄마는 또 나의 손을 한참 쥐었고 엄마의 뺨으로 가져다 댔다. 차가운 뺨이었는데 한참을 쥐고 있으니 곧 차갑지 않아졌다. 뜨거운 눈물이 내 손바닥과 엄마의 뺨 사이를 갈라 놓으려 애썼다. 그만 두자, 그만 두자 정원아. 엄마의 목소리가 얇게 떨렸다. 생각해 볼게 엄마. 그날 밤 방에서 들리는 엄마의 울음소리에 나는 처음으로 학교를 그만 두고 싶다고 생각했다. 엄마의 울음소리 뿐만은 아니었을 거다.

며칠 동안 학교에 가지 않았다. 엄마는 그러는 게 어떠냐고 물었고 나 또한 그게 나을 거라고 생각했다.

한 달 조금 지나지 않아 다시 엄마의 차를 타고 등교한 학교는 크게 낯선 느낌을 주진 않았다. 마지막으로 갔을 때와 다른 점을 찾으라면 조금 더 추운 날씨. 교실 책상에 앉아 할 수 있는 건 딱히 없다. 수업을 들을 수는 있지만 볼 수는 없는 것처럼 나는 책을 펴기만 하고 읽진 않았다. 쉬는 시간엔 도서관으로 가지 않았다. 별 의미가 없을 거라고 생각했다. 형진이의 부재가 큰 부분을 차지하는 것 같았다. 아닐 수도 있지만 그렇게 생각하고 싶었던 것일 수도 있다. 등교 후 교실 밖을 잘 나가지 않았다. 가만히 자리에만 앉아 있었다.

며칠 후 향한 도서관에는 시트러스 향이 먼저 났다. 사서 선생님은 오랜만이라며 다가왔다. 선생님은 계절과 상관없이 항상 시트러스 향의 향수를 쓰시는 것 같았다. 항상 같은 향수는 아니지만 시트러스 향의 향수였던 것 같다. 선생님의 도움을 받아 자리를 잡았다. 책을 하나 꺼냈고 빠르게 넘겼다. 쾌쾌한 종이 향이었다. 책의 향을 오래 맡진 못했다. 내가 진짜 혼자가 되는 기분이었다. 책의 향을 오래 맡을 수 없었다. 혼자가 되어가는 일이라고 생각했다.

그래도 곧 도서관에서 홀로 책의 향을 맡는 것에 다시 익숙해질 거라고 생각했다. 형진이 다시 와 책을 읽어 주거나 이런 책을 가지고 왔냐며 말할 것 같았다. 그러나 그러지 않았고, 나는 여전히 익숙하지 않다.

도서관 한 켠에서 꽤 큰 목소리들이 들렸다. 익숙한 목소리도 함께 들렸다. 낯선 목소리로 그들이 하는 이야기에는 크게 동요하지 않았다. 그들은 요새 형진이가 장님과 다닌다며 한껏 소리 내어 웃었다. 그냥 걔가 불쌍하잖아. 안 보이는데 맨날 책이나 거꾸로 잡고 코 박고 있는데 그냥 지나치냐? 형진은 크게 웃었다. 나는 서서 할 수 있는 게 없었다. 쥐고 있던 책을 다시 서랍에 넣기 위해 손을 뻗었으나 책이 떨어졌다. 그때처럼, 나는 또 책을 떨어트렸다. 책이 떨어지며 큰 소리를 냈다. 동시에 형진의 웃음이 멈췄다. 나를 보고 있는 것 같았다. 확신할 수는 없지만 그런 것 같았다. 이런 말들과 상황이 처음은 아니었지만 나는 형진에게 약한 것 같았다. 유독 형진이에게 나는 약한 것 같았다. 나는 무작정 걸었다. 도서관을 잘 알고 있으니 이 공간을 빠져나가는 것쯤은 아무것도 아닐 거라고 생각했지만 나는 몇 발자국 떼지 않고 넘어졌다. 낯선 목소리들이 숨을 죽여가며 웃어댔다. 형진의 목소리는 들리지 않았다. 시트러스 향이 짙어졌고 선생님은 나를 일으켜 교실로 향했다. 나는 한없이 비참했다.

그날 밤 침대에 누워 한참을 울었다. 단 한번도 내가 앞이 보이지 않는다는 걸 누군가에게 원망한 적이 없는데 그 날 밤은 침대에 누워 엄마를 부르며 울었다. 마음 한 편에 엄마를 원망하는 마음이 생겼다. 어쩌면 아빠일 수도 있고 또 어쩌면 둘 다 원망하는 마음이었을 수도 있다. 엄마는 방 문 앞에서 어쩔 줄 모르며 서 있을 것이다. 이따금씩 나의 이름을 부르는 엄마의 목소리가 두꺼운 문을 뚫고 들렸다. 미안하다는 말이 들렸다. 나는 엄마가 나에게 미안해도 된다고 생각했다. 나는 가족들이 나에게 미안해도 된다고 생각했다. 잠깐이었지만 그래도 된다고 생각했다. 베개가 젖어들 때가 되어서야 나는 잠에 들었다.

밤새 원망한다고 다음 날 아침이 밝아지는 건 아니었다.

그날 이후로도 형진은 여전히 벤치에 나오지 않았다. 도서관에서도 형진의 목소리를 들을 수 없었다. 그렇게 며칠 후, 겨울방학이었다. 방학식에는 눈이 왔다. 방학식이 끝나고 나는 그 나무 밑 벤치로 가 발밑에 밟히는 눈들을 한참 밟았다. 날이 추워 손끝이 얼어가는 줄도 모르고 한참을 밟았다. 머리 위로 눈이 쏟아 내리는 것 같았다.

그날 밤 다시 침대 위에서 울며 잠에 들어야 했다. 감기에 걸린 것 같았다. 목에서 무언가 울컥 튀어나올 것 같았고 눈이 뜨거웠다. 눈물도 나는 것 같았지만 감기 때문이라고 생각했다. 나는 겨울이 빨리 끝나길 바랐다. 겨울이 이 지독한 감기를 앗아가길 바랐다. 그러면 눈물도 멈추리라 생각했던 것이다.

내가 어리석었다는 걸 나는 그날 새벽에서야 느꼈다. 그러니까 눈물은 쉴 새 없이 흘렀고 감기 때문이 아니라는 걸 인정해야 했다. 열이 나기 시작한 것 같았다. 온 몸이 뜨겁고 울지 않으면 견딜 수 없을 것 같았다. 더 이상 움직일 수가 없어 엄마를 크게 불렀다. 집 안의 모든 불이 켜지는 것처럼 밝아졌다.

정신을 차렸을 때 가장 먼저 느꼈던 건 낯선 향. 그리고 누군가 나의 손을 잡고 있다는 것이었다. 엄마의 손일 것이다. 항상 내 손을 자신의 뺨에 가져다대던 엄마의 손. 나는 손을 뒤집어 엄마의 손을 맞잡았다. 깼어? 갈라지는 엄마의 목소리가 들렸다. 응. 맞잡았던 손에 엄마가 힘을 줬다. 의사 선생님 모셔올게. 잡았던 손이 풀렸다. 힘없이 손이 빠져나갔다. 엄마는 병실을 나가는 동안 다시 뒤돌아보지 않았다.

병원에 있었던 하루는 눈이 내리는 날이라고 했다. 들어가도 돼?

익숙한 목소리가 들렸다. 형진이의 목소리였다. 이미 문 열었잖아 너. 문을 닫는 소리가 들리고 곧이어 샌들우드 향이 병원의 향을 덮었다. 내가 준 거 썼네. 너 보러 오는 거니까.

"만져 봐도 돼?"

뭐를? 일단 여기 앉아 봐. 나는 침대 옆을 손으로 쳤다. 형진이 다가올 때마다 샌들우드 향이 강해졌다. 형진이 침대에 앉자 낡은 침대의 삐걱거리는 소리가 들렸다. 형진이 차가운 공기를 가지고 왔는지 조금 시원하게 느껴지기도 했다. 얼굴 만져도 돼? 형진은 말없이 내 쪽으로 상체를 기울였다. 다시 한 번 침대에서 삐걱거리는 소리가 났다. 형진의 얼굴에 손을 가져다 댔다. 얼굴 차갑다, 너. 밖이 춥더라. 손가락이 형진의 속눈썹에 닿았다. 형진의 속눈썹이 파르르 떨렸다. 몰랐는데 너 코 되게 높다 형진아. 검지 손가락이 형진의 인중에 닿았다. 인중을 꾹 누르자 형진이 소리를 냈다. 야. 아니 그냥, 들어가길래. 형진의 아랫입술이 손가락에 닿았다. 근데 너 혹시 보조개도 있어? 오른쪽만 있어. 웃어 봐, 그럼. 오른쪽으로 손을 옮겨 더듬거렸다. 아니, 여기. 형진은 내 손을 잡아 보조개에 닿게 했다. 쑥 들어가네.

"재밌어?"

"아니 뭐, 재밌진 않고."

형진의 얼굴에서 손을 뗐다. 형진이 부스럭거리며 손에 뭔가를 쥐어줬다. 뭐야 이거? 꽃다발, 하나 있으면 좋을 거 같아서. 무슨 꽃인데? 망고 튤립, 알아? 모르는데. 꽃에서 나는 향이 끼쳤다. 이것도 만져 봐. 됐어, 뭘.

"나 곧 퇴원하는데."

"그건 몰랐는데, 그럼 이거 퇴원 선물로 하자."

나는 아무 말도 하지 않았다. 한참동안 서로 아무런 말도 하지 않았다. 나는 그 날 일을 형진이에게 꺼내지 않았다. 형진 또한 그 일에 대해 먼저 말하지 않았다. 나는 손에 쥔 꽃다발을 조금 더 세게 쥘 뿐이었다.

어설프게 기억나지도 잊혀지지도 않는 얼굴은 바다 한 가운데 표류한다. 형진이 알아들을 수 없는 말을 했다.

"뭐야?"

네가 그때 떨어트렸던 책, 내가 좋아한다고 했던 책. 형진이 대답했다. 나는 속으로 형진의 말을 다시 따라했다. 어설프게 기억나지도 잊혀지지도 않는 얼굴은 바다 한 가운데 표류한다.

"갑자기?"

"그냥. 갑자기 생각이 나길래."

그날 나는 삐걱거리는 병원 침대에서 한참을 생각했다. 어설프게 기억나지도 잊혀지지도 않는 얼굴. 나는 애초에 형진을 볼 수조차 없었지만 저 말이 딱 맞았다. 정확하게 아는 것 하나 없어 기억나지도 않고, 그러나 모르는 것도 아니어서 잊혀지지도 않는. 형진이 나에게는 딱 그랬다.

겨울방학이 끝나고 다른 아이들이 새로운 학년으로 올라가고 미래에 대한 고민과 상담을 시작할 때 나는 자퇴를 결심했다. 이곳에 남을 이유가 더 이상 없었다.

퇴원을 하고는 형진이를 만난 적이 없다. 그리고 우리는 열여덟의 여름과 가을과 겨울 그리고 열아홉의 겨울을 함께했다. 우리가 함께 봄을 보지 못 한 것이 걸렸지만 함께 봄을 맞이할 용기가 딱히 있는 건 아니었다. 나는 왜 그때 형진이가 나에 대해 그런 말을 했는지에 대한 의문과 떨어져 바스락 거리는 낙엽들 그리고 쌓였을 눈들을 학교에 두고 오기로 했다. 항상 앉았던 우리의 벤치 위에는 나의 의문과 추억이 뒤섞여 놓여져 있다. 나는 그것들을 사랑하고 다시는 이곳에 오지 않겠다 다짐했다. 학교를 빠져나가는 길엔 칼바람이 나를 배웅했다.

외롭지는 않았다. 책의 쾌쾌한 향을 맡을 수 있는 학교의 도서관과 사서선생님의 시트러스 향, 낙엽이 밟히고 눈이 밟히는 벤치와 그곳으로 나를 데려가던 형진이, 내가 선물한 향수를 뿌린 형진이와 형진이의 샌들우드 향. 밤마다 침대 위에서 생각나는 사람들과 장소, 향이 있긴 했지만 그것도 잠시였다. 나는 볼 수 없고 더 이상 만날 수 없는 것을 입 밖으로 소리 내어 불렀다. 모든 단어를 내 속에서 게워내야 잠에 들 수 있었다. 내가 자는 사이에 그 그리운 단어들이 나를 잠식하지 못 하도록.

나는 눈을 감으면 아직 그 구절이 들린다.

주말엔 도서관으로 갔어요. 정말 오랜만에 많은 책을 만졌어요. 볼펜을 딸깍이는 소리가 종이와 펜이 만나는 소리로 바뀌었다. 찻잔이 다시 달그락 소리를 냈다. 다른 건 더 없었나요? 상담사가 움직일 때마다 그 우든 향이 더 짙어졌다. 낯설지만 익숙한 향이었다. 상담실 안 방향제가 우든 향을 방해하긴 했지만 선명했다. 내가 그렇게나 힘들었던 순간들이 다시 다가오는 것 같았다. 수도 없는 상처와 경험을 바꿨던 그 때가 생생해진다. 왜 나는 일찍 알아차리지 못했을까. 지금도 종종 입 밖으로 꺼내지 않으면 잠에 들지 못하는 그 사람이 이렇게 나 가까이에 있었는데. 내가 앉은 상담실의 푹신한 의자가 그때의 딱딱한 벤치로 변했다. 내 발 밑에 대리석들은 푸른 잔디들로 변했을 것이다. 아마도 여기는 우리가 함께 맞는 처음의 봄. 그 익숙한 벤치 위.

제가 고등학교 때 정말 좋아했던 친구가 있거든요. 제가 다시 그때로 돌아가면 그 친구랑 같이 봄에 있었으면 좋겠어요. 그 친구랑은 한 번도 봄을 같이 느껴 본 적이 없거든요. 가을에는 낙엽을 밟고 저한테 책을 읽어 줬어요. 그리고 그 가을의 초입부터는 항상 샌들우드 향이 났어요, 같이 있으면. 제가 선물해 줬거든요. 제가 사람을 알아차리는 유일한 방법이니까요. 근데 제가 너무 늦었어요. 그런데 선생님,

선생님은 어설프게 기억나지도 잊혀지지도 않는 얼굴이에요. 선생님한테선 그 샌들우드 향이 나요.

후기

이하은 / 추억의 사진관

제가 사진관 주인이 되어 추억 속으로 직접 인도해 드리진 못하지만, 추억 사진관을 읽으시면서 가장 소중했거나 가장 중요했던 추억이 무엇인지 생각해 보는 계기가 되셨길 바랍니다. 바쁜 일상 속에서 잠깐의 쉼표가 되셨길 바라면서 읽어주셔서 감사하다는 말을 드립니다.

차혜련 / recall

그 당시에 힘들고 평생 풀리지 않을 것만 같던 고민들이나 나만 뒤처지는 것 같은 두려움, 몸이 마음을 잘 따라주지 않을 때 등등 잊을만하면 우리에게 찾아와 우리를 버겁게 하는 것들이 시간이 지나 경험이 되고 추억이 되었듯이 지금은 힘들지라도 언젠가 웃을 날이 올 것이라는 격려와 함께 이 책을 마무리 합니다. 재밌게 읽어주세요.

유정현 / 시간과 기억 사이에

이 소설을 쓰면서 많은 분들의 충고와 조언이 없었더라면 이 소설 또한 없었을 것이라고 생각합니다. 소설이 많이 부족하더라도 끝까지 읽어주신 독자 여러분께 감사의 말씀을 드립니다. 또한 이 기회를 빌어 동아리 선배님들과 선생님께 감사를 드립니다.

한수빈 / 이별을 준비하는 사람들에게

만남이 있으면 이별도 있는 법입니다. 그중에 저는 반려견과의 만남과 이별에 대해 써보았습니다. 글 쓰는 도중에 제가 키우는 반려견이 생각나 울적하기도 했습니다. 글 쓰면서 힘든 일도 많았지만 콘티를 짜고, 글을 쓰는 과정이 너무 재밌었습니다. 아, 그리고 일러스트를 도와준 친구에게 정말 고맙다고 말하고 싶습니다.

임하경 / 해방

누구에게나 필요한 (그것이 무엇이든, 자신을 억압하는 강박으로부터의) 해방에 대해 글을 썼습니다. 유쾌하지 않은 내용일 수 있지만, 나름대로 제가 하고 저만 웃는 제 식의 유머도 넣었으니 그런 요소들도 찾으면서 재미있게 읽어주세요. 아무튼, 열심히 살겠습니다! 감사합니다.

김민주 / 향의 인연

가까운 사람의 죽음은 영원한 이별과도 같기에 더 크게 느껴지는 일이죠. 이별의 아픔과 그에 따르는 감정들과 만남, 추억들을 가지고 그 아픔을 딛고 일어나 다시 살아갈 수 있게 되는 모습을 보여주고 싶었습니다. 추억은 추억으로 가지고 살아가는 것이 진정으로 보내주는 방법이 아닐까, 하며 써내려갔던 것 같습니다. 쓰는 동안 스스로의 아픔을 다시 꺼내보기도 생각하기도 하는 것을 통해 좋은 경험을 하게 된 것 같습니다.

김성은 / 잊거나, 잃거나

세상의 모든 온님 할머니께 진심으로 평안한 날이 오기를 바랍니다. 괜찮아 보이지만 전혀 괜찮지 않은 마음이 있습니다. 그 마음에, 저의 부족한 글이 따스함이 되었기를 바랍니다. 감사합니다.

곽은미 / 가까이에 있는

우리는 때때로 볼 수 있음에도 가까이에 있는 것을 놓치곤 합니다. 앞을 보는 것도, 뒤를 돌아보는 것도 좋습니다. 잊지 않고 옆을 보는 것도 좋습니다. 우리가 가까이에 있는 것들에 조금 더 집중했으면 좋겠습니다. 부족한 저의 글을 찾아 주신 모든 분들에게 감사합니다.

지도교사 박이레 / 사랑하는 제자들에게

몇 년 전 테이라는 가수의 '사랑은 향기를 남기고'라는 노래가 유행했던 시절이 있었다. 사랑하는 사람은 떠났지만 그 사람의 향기는 늘 자신 곁에 머물고 있다는 슬픈 사랑노래의 가사였지. 너희들의 소설을 읽으면서 그 노래가 떠올랐다. 우리의 글이 언젠가는 독자들에게 잊혀 가겠지만 잔잔한 향기, 잔상, 소리로 남아 있겠지. '와 정말 재밌는 소설이다.'고 평가 받아도 좋겠지만, '정말 오래도록 잊히지 않네.'라고 평가받는 묵은지 같은 글이 되길 소망하면서 그대들의 창작활동에 큰 박수를 보내고 뒤에서 손 흔들며 응원하고 있을게. 지금보다 내일이 더 기대되는 꿈뜨락애 파이팅.